南懷瑾 講述

小言黃帝內經與生命科學

老古文化事業公司

國際標準書號：ISBN 978-957-2070-81-9

小言黃帝內經與生命科學

南懷瑾　講述

戊子2008(97)年一月臺灣初版
庚寅2010(99)年十二月臺灣二版八刷

●局版臺業字第一五九五號●

發行人：南懷瑾・郭姮妟
出版者：老古文化事業股份有限公司
地　址：台北市100信義路一段五號一樓（附設門市）
電　話：（〇二）二三九六―〇三三七　傳真：（〇二）二三九六―〇三四七
郵政劃撥：〇一五九四二六―一　帳戶名稱：老古文化事業股份有限公司
香港出版：經世學庫發展有限公司
地　址：香港中環都爹利街八號鑽石會大廈十樓
電　話：（八五二）二八四五―五五五五　傳真：（八五二）二五二五―一二〇一
網　址：http://www.laoku.com.tw
電子郵件：laoku@ms31.hinet.net

定價：新臺幣　三〇〇元整

出版說明

《黃帝內經》這本書，早經中外公認是一部中醫最古老原始的典籍；但是現在學習中醫的人們，大多採用選讀方式，少有深入詳細研究者。近數十年來，情況更甚，原因大致如下：

（一）三千多年前的文章，對簡體字出身的讀者而言，太艱深，太難懂；用現代言語文字來讀，常覺不知所云，也就看不下去了。

（二）最困難的是，內容涵蓋了《易經》、陰陽、五行、干支、天象、氣脈，傳統文化的心物一元的互變問題等等，鋪天蓋地，包羅萬象；如無上古科學概念，讀之不免有天書之嘆。

（三）更困難的是，《黃帝內經》的中心重點，是有關生命的構成，以及生命運行的法則。這是屬於生命科學和認知科學的範疇；而此一問題，又涉及了形而上的學說理論，所牽動的也就更爲廣泛了。

（四）另一個困難，是生命中精、氣、神的問題。氣在身體中流動，維持著我們的生命；但是，氣是什麼？又如何運轉？氣與天地萬物的關係又如何？

因此，先要認識了氣，才能初步了解生命中的能量及其作用；進一步再了解人的病因，才能進行醫治。而這個氣的問題，又與後來的道家、密宗及佛法的修持等，密不可分。

由於以上許多因素，致使對內經的研討，就每下愈況了。

此次南師懷瑾先生，應邀在二〇〇七年四月初講解《黃帝內經》，起因亦頗爲特殊。緣上海綠谷中醫藥集團，在多年從事中醫藥研究發展的過程中，體認到中醫藥的諸多問題；究其原因，多爲對中醫之基本理論了解不足，以致於只會醫病者之現象，未能深察病因澈底治療，難免淪入醫匠之流，實屬可嘆。

爲此之故，集團負責人呂松濤先生，積極遊說邀請，促成了內經的講釋。並希望藉此帶動青年學子及有識之士，展開研究，以提升醫療品質，回歸正確方向，開發民族悠久之中醫文化寶藏。

綜合數次講解內容，重點在闡釋內經的精神及中醫學之基本觀念，以作爲研究之起步。

其實，《黃帝內經》不僅是醫理和醫療，其與我們的生命生活皆息息相關。這部經典，立論於生命的原始點，崇高而根本，爲中華文化之至精。

值此多病多惱的紛亂世界，國強必先民健，故而重新探究《黃帝內經》，似至爲重要。

再者，健康關係社會民生，不僅醫界須了解內經，一般大眾亦應加了解。果如此，則人人保持健康的體魄，進而則可見繁榮康樂的社會。這，也就是倡導研究《黃帝內經》的共同願望吧！

綠谷集團於講演結束後，在一個總結報告中說：「這是五四運動以來，中國文化斷層的復興轉捩點……」等等。現並將該文附錄於書後。

按，此次講解記錄，本不擬出版，因爲講課時間安排不足，外加顧及聽眾對易理陰陽五行之基礎或有欠缺，故而講解不免草簡，言難盡意；況言簡每導致誤解，此爲不擬印行之主因。後因諸方反應殷切要求之故，勉爲應允印行。

現趁此出版之際，特別敬告讀者，南師謂此次僅爲拋磚引玉之舉，非金科玉律之論，只願提醒大眾對文化瑰寶之重視及研究。內經雖爲數千年前之著作，實與今日全球積極探究之生命科學密不可分也。

本書的整理稿，南師並未過目，在整理過程中，或難免有謬誤之處。此次感謝張振熔先生記錄，林艷玲小姐及賴梅英女士辛勞打字，歐陽哲及謝錦揚、宏忍師等積極校對，書稿才得勉強在短期中完工。又書中小標題爲編者所加。

劉雨虹　記

二〇〇八年一月廟港

首先須知《黃帝內經》的三要義

講到《黃帝內經》，大家都知道中國文化的根本中心，是以黃老之道爲主，然後散而爲諸子百家。所謂黃老，即是以黃帝軒轅爲綜合起始的階段，到春秋戰國以後，才轉而狹義的以老子等道家學說作代表。

什麼是黃帝之學，歷來在中國文化中，很難下一內涵的定義。因爲它是儱侗包括中國的全體文化，不分精粗世俗的一切一切。

通常一般的觀念，提到黃帝，就會想到《黃帝內經》，認爲它只是中國上古傳統的醫藥的書，而且從考據立場來看。它的記述著作年代，很難稽考。所以越來越被輕視，即使是學醫的人，也一代不如一代，因對中國傳統文字有差距，越讀越不懂了。

扼要來說，《黃帝內經》，它不只是一部醫書，它是包括「醫世、醫人、醫國、醫社會」，所有心醫的書。

我們一般翻開《黃帝內經》，首先映入眼簾的，便是第一篇〈上古天眞論〉，好像是從中國的玄學、哲學講起，讀也難讀懂，看也不想看了。

其實，讀中國古典的書，千萬不要以十七世紀以後，大家學了一點西洋文化文字邏輯的皮毛來看它，那就牛頭不對馬嘴，愈讀愈遠愈糊塗了。中國古典文化的習慣性，以平常散說對話爲主，自有它的邏輯，而不是先立前提，再加發揮、申辯，然後再做結論。如果以西洋中古文化以後的邏輯來看中國古典文化，就會完全反感。如說西洋文字的邏輯是完整的，那也不然，你只要取印度文化佛學的因明來看，如玄奘法師等所翻譯的《瑜伽師地論》等一讀，便可知西洋中古文化以後的邏輯文字，還只是後輩新興的小兒科了。

話不要扯長了，簡單的回轉來講，《黃帝內經》眞正的宗旨要點，多處散見於各篇的內涵中，或一二句，或多句，其中更重要的，即在〈舉痛論篇〉中所說的三要義：

「黃帝問曰：（一）善言天者，必有驗於人。（二）善言古者，必有合於今。（三）善言人者，必有厭於己。如此則道不惑而要數極，所謂明也」

讀此，〈內經〉全書的中心，它是「醫（壽）世，醫（壽）人，醫（壽）國，醫（壽）社會」爲中心，不過是先從如何養生壽人來切入而已。

譬如說，什麼是「天人合一」的內涵。它便說：「善言天者，必有驗於人」，如果只說抽象的天文，或有形的天體，而對人生生命生活了不相關，那是學問上的空談理想，不是沒有用，而是南轅北轍，背道而馳了，它必須要在人事上有實際應用，及實驗經歷才對。

再說「善言古者，必有合於今」。博古必要通今，任何學問，如果只講現在，不通古今綿延演變的因果關係，都容易落入偏見，那是不可以的。

所以「善言人者，必有厭於己」。從政或從醫，一切的一切，治理他人，醫治他人，第一學問，必須先從本人自己身上實驗做起。「如此則道不惑而要數極，所謂明也」。

總之，這一段話，《黃帝內經》的中心，也是黃老之學的要點，它是通於政治、經濟、教育、軍事任何一門學科的大原則。

南懷瑾　二〇〇八年一月

目錄

第一講 四月十五日

第一堂

第二堂

第二堂

第二堂

第二堂

第四講 五月五日

第一堂

第二堂

第三堂

第五講 五月六日

第一堂

第二堂

附錄

第一講

四月十五日

第一堂

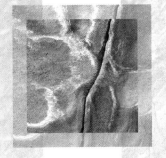

開場白

今天我要做的是一件荒唐的事，因爲我也沒有學過醫，也不懂科學，爲什麼講這個《黃帝內經》呢？站在中國文化的立場，站在今天生命科學發展的立場，我是倚老賣老，必須要獻醜，貢獻給大家。目前西醫跟中醫鬧分歧，這是很嚴重的問題；而我們自己國家的中醫，依我外行的來看，也成了問題。對於基本的醫學《黃帝內經》，學中醫的好像沒有眞正好好的去讀。原因是現代的教育，大家從簡體字入手，不懂繁體字，所以讀古書也成了問題。我們自己的文化很廣很多，諸位都輕視了它，因此我不管自己的年齡，願意來跟大家討論這個問題。

這次課程的安排，我昨天已經講過，是這位呂松濤先生的關係，因爲他常常在我前面提到講《黃帝內經》的事；他說他來籌備來辦，所以說這個是他引起的。

關於《黃帝內經》，這是中國文化最嚴重的問題。我再重覆一下昨天講《莊子》時所講的，我們國家民族的歷史，以黃帝開始計算，到今年爲止，已經四千七百多年了。因爲大家不讀自己的歷史，不知道黃帝以前的中華民族有很長的遠古史。像我們小的時候，讀古書出身，曉得我們的歷史是一百多萬年。爲什麼切斷從黃帝這裏開始呢？是司馬遷等過去這一班歷史學家們搞的；因爲遠古的太渺茫，而且都是神話。信不信各聽自由。

黃帝與中國文化

黃帝以前的伏羲，是畫八卦的，相傳黃帝是伏羲的子孫，所以就從黃帝開始。黃帝把中華民族正式建立一個初步的國家系統，我們普通講的「老百姓」，就是黃帝把各個姓氏不同的民族團結起來，建立生活文化。所以我們所有的文化，都是從黃帝開始的。

黃帝是有熊氏，姓公孫，名軒轅。你們大家都知道，今年很多人到甘肅去祭黃帝的陵。黃帝不只是我們中國人的祖先，也是東方黃色民族的共同祖先。中國一切的文化，科學的，宗教的，哲學的，都是從這裏開始。

後來黃帝的學說歸類爲道家，在講政治哲學時提到漢文帝、漢景帝時，說他們用「黃老之術」，走道家的路線。黃就是代表黃帝，老是老子。我們的祖先從伏羲以下，研究起來太多啦，更有很多的歷史故事。

我今年九十歲了，一百年前我們有很多的學者，現在差不多都過去了，其中我所不同意的非常多；因爲我不同意他們的講法，把自己的歷史縮短。有些人甚至跟著外國人日本人叫，說沒有堯舜這兩人；乃至在日本侵略中國以前，說堯這個字畫起來像香爐，所以這個人不存在。舜這個人也沒有，只是個蠟燭台。大禹也沒有，大禹王是個爬蟲。我小時候新的風氣開始，比你們現在還嚴重，都是那麼講的哦！都是有名的學者，我不點名了。後來這些人變成我的忘年之交。所謂忘年，是年齡相差幾十歲，我雖然年輕，經常講他們數典忘祖，這些空話不多講了。

所以寫《史記》的司馬遷，也不敢確定黃帝的年代，只是根據孔子的話說的。堯舜禹在歷史上有名的叫「三代」。三代在我們歷史學裏有兩個說法，普通教科書上說是夏商周三代；眞正古書上所講的三代是堯舜禹，並不是夏商周。

堯舜禹是公天下，雖然有皇帝，但都是百姓推薦出來的，而他們都活了一百多歲。一百歲退位的時候找人接位，堯找到舜，舜找到禹。到了大禹王做皇帝的時候，也想這樣做，可是因爲堯舜的子孫能力都不行，所以大禹的兒子接位了。由此中國文化由三代民主的公天下，變成了家天下。家天下就是劉家的啦，李家的啦，哪一朝，哪一代。所以我們的文化是要推翻兩三千年的帝王政治，推翻家天下。孔孟之道的儒家，以及道家，都主張回到上古的公天下，這又是另外一個話題了。

天眞論說什麼

現在我們這個課是研究《黃帝內經》，我相信在座的很多是大醫生，大博士，很多是科學的專家，在這裏聽我這個老頭子亂蓋。要了解《黃帝內經》，必須先要讀好，每個字都不能放過。開始第一篇〈上古天眞論〉，題目就要注意了。天眞這個天字，不是上天的天，這個「天」字，有時候代表宗教的天，有時候代表哲學的天，有時候代表天文學的天等等，學中文要搞清楚。

對不起，耽誤時間講題外話，爲什麼天字那麼寫？你眞去研究中國文字，第一個字「一」是畫圖案開始的，爲什麼那麼畫？因爲講不清楚宇宙是幾時開始的，天地怎麼來的，所以以一畫來分開。所謂伏羲畫八卦，一畫分天地，這是科學的，因爲時間空間上，查不出宇宙的來源。我們中國人很注重這個，現在的科學發展到太空，也是在追求這個。

今天我岔過來幾句話，西方哲學講人類世界的來源，問先有雞還是先有蛋，到現在還下不了結論。換句話說，先有男人還是先有女人？如果說西方有哲學中國沒有哲學，你完全錯了。中國上古就是探索這個問題，從我們唐朝的古詩就看得出來，可惜大家年輕沒有好好讀。我們當年是讀來的，所謂讀是唱歌一樣唸。

有一個故事在唐人的「春江花月夜」這首古詩裏，很多好句子，其中有些名句，是關於哲學科學的：「江上何人初見月，江月何年初照人」等，世界上哪個人先看到月亮？天上的月亮是幾時開始照的？這個是哲學科學哦！大家卻隨便把它當文學看過去了。

所以我常常批評自己，也批評學西方哲學的朋友，你們西方講哲學、科學，又分家又分類的，我們中國不是；我說中國的文化沒有哲學家，因爲中國文化是文哲不分，大文學家都是哲學家。第二是文史不分，哲學家都是史學家，都是懂歷史的。

譬如司馬遷，大家認爲是史學家，我說你們完全錯了；司馬遷除了寫《史記》以外，他的八篇大文章「八書」的學問，包括了天文、地理、經濟什麼都有。他是個哲學家，走的是道家的路線。又譬如講到《資治通鑑》，作者司馬光既是文學家，又是哲學家，也是政治家。所以中國文化哲學、經濟、政治、文學是不分的。

剛才講了這兩句詩的感言，這跟我們講《黃帝內經》有什麼關係呢？有絕對的關係。所以文字搞不清楚，歷史搞不清楚，就有些麻煩。譬如說〈上古天眞論〉這一篇就是講天。我們曉得「一」是一畫分天地，上面代表形而上的，再加一筆和一個人字，就是天字了，天地人是這樣來的。所以「二」的上面是「上」，下面是「下」，文字的來源是由畫圖象形，包含了很多內容。〈上古天眞論〉的天眞兩個字，就是形容孩子「天眞」那兩個字，我們已經用了五千年還在用。這個天眞的「天」代表了本體論，表示眞實生命的第一個來源。

《黃帝內經》是黃帝爲了生命科學，請教醫學老師的對話記錄。這一本書考據者有所懷疑，也是我們中國人自己鬧的，外國人更要批評；認爲這本書的內文不是上古的，好像漢朝以後魏晉的文章那麼漂亮。上古時期會有這樣好的文章嗎？看來學者要把自己的祖宗看癟了。

這個屬於考據學，我一輩子注重考據，但不贊成考據。考據學要注意學問，但是不要迷信。現代人最討厭的是太迷信科學，比迷信宗教還可怕。因爲科學本身沒有定論，新的發明會推翻了前面，永遠沒有止境，這也是科學的精神。對於科學的發明，乃至愛因斯坦也不敢下定論；你們學了一點科學的皮毛就敢下定論了，我覺得很笑話。這是有關〈上古天眞論〉篇名要注意的。

黃帝的一生

我們看這一篇文章，這是醫學書哦！看它如何介紹黃帝。現在這個很小的字，我雖然九十歲了，沒有戴眼鏡，也不用放大鏡，大概我還看得清楚，這個就值得研究研究爲什麼了。

「昔在黃帝，生而神靈，弱而能言，幼而徇齊，長而敦敏，成而登天。」我們上古的老祖宗黃帝，「生而神靈」，舊的記載是「生而能言」，生出來就會說話了，這裏還客氣一點說他神靈。現在有人說，這是中國歷史亂扯，其實印度也有這種記載，說釋迦牟尼佛剛生下來，站起來走七步，一手指天，一手指地講了兩句話：「天上天下，唯我獨尊」。印度人的扯謊同我們一樣吧！很多啊！歷史上也有記載，說有人生下來就知道前生的事，其實，這些都是講生命的神奇。

這裏《黃帝內經》改了一下，客氣的說「生而神靈」。這兩個字嚴重了，神不是神經病，是通神了，非常靈明。簡單的說，他生來就有先知，什麼都知道。

「弱而能言」：這個弱不是體質哦！我們古文叫弱小，年輕少年叫弱小。所以我們的文學上二十歲稱爲「弱冠」。中國的規矩禮貌，男人到了二十歲，開始梳頭髮戴帽子叫弱冠之年，這個要注意。弱而能言，如果你中文不懂，看成黃帝身體很弱，那可不是古文講的。

「幼而徇齊」：幼小的時候，作人非常規矩嚴肅，就像大人一樣懂事。

「長而敦敏」：長大成人了，二十幾歲，非常厚道而且絕對的聰明。

「成而登天」：黃帝活了一百多歲，在我們的歷史上，尤其道家，認爲黃帝是升天的，所以古文有一句話「鼎湖龍去」。鼎湖要考據了，有的說在黃山上，有的說在浙江。黃帝活一百歲不幹了，走了，變成神仙騎上一條龍就飛升了。歷史記錄很有趣，像皇帝死了叫「登遐」，是說皇帝要上升了；因爲不好說死了，只好拿這個話來恭維他。

講中國文學還有一句話，一個英雄出來，像漢高祖啊，唐太宗啊，或者蔣介石啊，毛澤東啊，他們的部下很多，有些人到京城都是想升官。我們對於這些人叫「攀龍附鳳」，就是從黃帝的故事來的。

怎麼叫攀龍附鳳呢？歷史上記載黃帝要走了，宣佈要從鼎湖騎龍飛升。他的大臣都要跟他走，抓住黃帝那個龍的腳，龍的尾巴，攀龍附鳳附帶上去。有些抓不住了，抓到一片鱗甲，滑了就掉下來，這些故事都是神話。

歷史上也講堯舜都活一百多歲才走，成仙了，尤其是黃帝，在神仙傳上，或者神話看來，黃帝到現在還沒有死。

比方講中國地理，一個美國的教授來看我，學科學的，他說他們現在正在研究地球。我說：我聽說了，你們花很多錢在地球邊上打洞，進去看地底的中心有什麼秘密。這個一點都不稀奇，我們已經搞了好多年了。他說你們中國眞的搞了好多年嗎？來美國留學的都沒有講過啊！我說他們年輕人不知道，中國道家有本書叫《五嶽眞形圖》，三山五嶽眞正的形狀，以及山的下面究竟是什麼樣子。你看了這本書會笑死，東一塊西一塊，這裏一個白點，那裏一個空圈，它講地底下都是通道，用不著你去打洞。

我說你們美國人還打洞，我們早就知道了。譬如說黃帝的陵後面有個碑，不准進去；但是你如果有膽子進去，三個月就從南京出來。這樣的故事很多，都在《五嶽眞形圖》裏頭，可是你看不懂。

黃帝現在提出來的是生命的科學，生命怎麼來的。下面我不做國文老師了，你們諸位都看得懂。

天癸與五行的水

關於生命的來源，第一個重要的，是從陰陽的法則才有這個生命。這個裏頭是個大問題，我先把它簡略了，倒過來研究。他說女性的生命「二七而天癸至」，十四歲第一次月經來，這一篇裏頭講的這些，你們要自己看。如果像國文老師一句一句講，三年也講不完。

女人第一次月經是二七十四歲，七年一個轉變。七七四十九歲月經斷了，現在叫更年期。那麼這裏有一個問題，甚麼叫天癸？這兩個字注意哦！

男人呢？男人以八來計算，「二八腎氣盛天癸至」，男人十六歲才開始發育，變成眞正的童子了。我以前看這個書，爲了研究生命科學，經常問人，你們十六歲有改變沒有？有人說沒有。我說我有感覺，十六歲有一個禮拜，乳房這裏癢得不得了，發脹。後來我才知道男子二八十六歲才開始發育，這也是屬於天癸的道理。

現在有兩個問題，這個問題提出來很嚴重了，第一什麼叫天癸？注意這個癸字，是中國的天文科學來的。我們天文有十個天干，就是甲、乙、丙、丁、戊、己、庚、辛、壬、癸，這個十天干，算命的都會。中國上古的科學發達，大概是上一個人類留下來的，科學發達到最高點時，把最複雜的東西濃縮用一個字代表。

壬癸在五行裏屬水。什麼又叫五行呢？天地間星球的轉動中，有五個星球金星、木星、水星、火星、土星，與我們有絕對的關係，在互相放射，互相影響。壬癸兩個字是屬水，水氣還沒有成形叫壬水，等於蒸汽沒有變成水叫壬水，癸水是成形的水。這要懂得陰陽、上古的科學了。所以看《黃帝內經》一般都不了解，只曉得天癸代表月經。其實是整個身上的激素變成月經下來，已經是成形的水了，就是癸水。所以癸字是這樣來的。你們年輕人研究醫學，研究生命科學，要注意這個書上很多的東西。

女七男八　從一到九

第二個問題，生命爲什麼女人以七歲爲代表，男人以八歲爲代表？男人有沒有更年期啊？七八五十六歲，一樣有更年期，現在醫學也曉得。

我有一個朋友，他也叫我老師，浙江諸暨人，名叫蔣鼎文，他年齡比我大。到台灣以後，我每月去他那裏一次，我喜歡他府上那個諸暨豆腐，他特別做豆腐請我吃。有一次去，那個時候我大概六十歲左右吧！他已經七十多了，一把就把我抓住。南老師啊，我告訴你。他是上將，當年北伐的時候都是大將，很有名的。他說我現在七十幾了，醫生說要我打激素，我還眞給他打了賀爾蒙；因爲我原來的老兵，送他到美國去學醫學，得了博士回來給我檢查。他說老將軍啊，你需要打女性賀爾蒙。蔣鼎文說，眞是瞎扯，你這個混蛋亂講。他說「司令官，我是感謝你，報你的恩，你就聽我一次好不好？」好吧！你就打吧！眞打了，還眞有用啊。

所以講到男性女性的更年期，這是科學，爲什麼是七同八？我們《黃帝內經》說的還不夠呢！今天研究生命醫學，做科學研究，還必須要了解其他有關的資訊。這個數字是道家和佛家採用的同樣觀念，扯到了《易經》，也扯到老子了。老子告訴我們道生一，一生二，二生三，三生萬物。

這個問題大了，學數理的要注意了，天地萬物只有一沒有二，所謂二是兩個一，三是三個一。所以我們讀中國書，假使算八字的，我的命運到陽九之數，一、三、五、七、九到了極點，十是另外一個一。所以你看文天祥的〈正氣歌〉，「嗟予遘陽九」，他說我的命運要結束了，國家亡了，一定是要碰到陽九之數，無路可走，只有做忠臣了。所以他的詩「人生自古誰無死，留取丹心照汗青」，意思是把自己的精神留給歷史，這是文天祥的名詩。

現在講一二三四五六七八九十這個數，其中的學問很大，道家最後來一個問題，就是一以前是什麼？是零。如果拿數理哲學來講，什麼是零？零不是沒有東西哦，畫一個圓圈，零是代表無量數，不可知數，無窮數，它是有的也是空的。

這個數學的零，道家把它畫一個圖，這個零的圖，裏頭又分陰陽，就是太極圖。陽是一個看得見的現象；陰的這一面，等於研究天文宇宙有陰暗不可知的一面。現在科學已經曉得我們這個宇宙有陰暗面，就是說不可知的很多。那麼我們把零代表了這個宇宙，這就牽涉到《易經》數理學同五行了。

再參考佛學中有關印度的醫術，中醫把脈判斷陰陽，印度看不看脈呢？先不談現在科學，他們也看脈，叫氣脈輪。我們講的十二經脈，六陰六陽，印度講三脈七輪。印度醫學也有幾千年的發展，所以現在講西藏的醫術就知道，藏醫看脈的理論是來自印度，是從三脈七輪來的。

生命如何開始

印度的醫學也是根據佛學講出來的。一個胎兒是由精蟲卵子構成的，在娘胎裏是七天一個轉變。《佛說入胎經》是兩三千年以前所講的，同我們現在講的懷胎出生，幾乎完全相同。《佛說入胎經》中說，「男精母血」，就是男人的精蟲跟女人的卵臟。但是兩個結合不一定能夠成胎，要三緣和合才生另外一個生命；現在普通來講叫靈魂加入，才構成一個生命。這只是講人的胎兒，還沒有講別的生命。常常也有人問我，試管嬰兒有沒有靈魂加入？照這個原理看來，也是加入的，不然不構成一個生命。

胎兒在娘胎裏成長，七天一個轉變，講得很清楚，不過名辭很難翻譯。第一個七天像一塊豆腐一樣，或者像羊奶凍一樣，不成形。接著後來長了督脈，背脊骨，中樞神經成長上來，先通到上面，好像到眼睛這個地方，就是從鼻根上去到我們眼睛中間的一點。所以中國文化講到最早的祖宗，古書上叫做「鼻祖」，就是這個原因。印度也是一樣。這一條脈七天起來，分化很多；等於現在講基因的生長變化。反正胚胎細胞慢慢分化，構成了這個生命。

印度醫學也就是釋迦牟尼佛的醫學，胎兒在娘胎裏三四個月以後，已經知道外面的事了。中國過去的教育，一有了胎兒，夫妻分房，開始胎教了，所以教育是從胎教開始的。現在把中國歷史上資料配合來看，七天一個轉化，人體內部一共長到七萬多條脈，數字我記不得了，都是屬於神經系統哦！這是印度醫學的原則。我們中國的醫生是把脈判斷五臟六腑及十二經脈的變化；還曉得脈絡左右交叉的，氣脈也是左右交叉。你們都學中醫把脈，左心肝腎，右肺脾命門，也是交叉的，現在醫學解剖來看，的確是交叉的。其實，還不止交叉，在座科大的校長是專家，同現在那個基因啊，量子啊，什麼、什麼……走的路線是一樣的，奇怪吧！

胎兒在娘胎裏頭一共三十八個七天，九個多月，最後一股力量，就是這個風力（能量），使胎兒下來了。中間很是奇妙，很多很多，我只能簡單的報告，專門講又是另外一套。在娘胎裏九個多月生出來還不完整，出生以後再過一百天才算完整；這個所謂完整的計算，還屬於娘胎裏的七的階段，叫做先天。這個女的七、男的八是後天的，這是大概的介紹。所以，這些數字同數理離不開關係，生命的科學也離不開數理，其中的數理觀念太多了。

數字 天候

那麼為什麼講七天、七年呢？為什麼變成男人或女人呢？這就回過來講中國上古黃帝以前了。我們都知道在世界的天文史、數學史中，中國人是一馬當先的。我們幾千年前已經有天文學、數學這些科學了，那時候的外國連影子都還沒有。可是我們中國人現在很有趣，講到自己的文化，認爲中國古代的是僞科學，假的；外國的才是眞的。唉呀！僞科學這個名辭，以法律來講站不住的。哪個是假的？哪個是眞的？如何證明？這不是開玩笑嗎！這個不能不嚴厲的批評。

那麼這個數字和許多問題的根據是什麼呢？是根據天文來的。所以我們就要講到中國的醫學配合天文了。天文告訴我們，氣候，一年分十二個月，三個月算一季，所以一年有四季。五天叫一候，三候是一氣，三候就是十五天了，六候叫一節。如果講天文的氣節，一年十二個月分成四季，有七十二候，二十四個氣節。譬如清明啊，穀雨啊等等。

到現在乃至東南亞、美國，拿整個的氣象來看，我們中國這個氣候的分類，照樣正確而有影響。我有一個學生學這一套，二三十年前到澳洲做外交官，他把羅盤帶去，發現不對。那個時候沒有越洋電話，寫信來問，這個羅盤是不是限定在北半球？澳洲這裏正好相反呢！我說你倒過來用不是一樣嗎？他後來回信說，眞的，倒過來一樣。

我們人的這個生命，如果有病了，不是三天或五天就會好的；據我所了解，一個得了傷寒病的人，沒有三七二十一天，是不會好的。

這個七的數字，八的數字，再推下去，我們中國人每天的十二個時辰，子丑寅卯……裏頭都是科學，不是迷信。兩個鐘頭算是一個時辰，一天有十二個時辰，一個時辰分八刻，一刻分十五分。換句話說，我們的身體每分鐘都在變化。這個裏頭的變化是現象，但是，能變的那個生命的本能是什麼？那是個大問號。

所以我們第一篇〈上古天眞論〉，講七、八變化，文字我不唸了，我有一個毛病，唸了以後就怕你們看不懂，我又會嚕唆起來了。所以我跳過去就不唸了。這個鐘頭先大概介紹這個，飯後再補充。

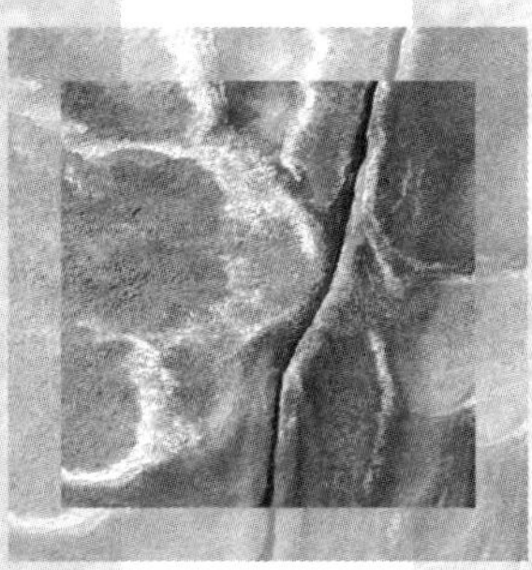

第二堂

與生命有關的印度文化

有位學科學的同學開玩笑說：「我們還年輕，你們的年紀大，肚子裏頭的東西太多了，給我們吐出來一些，把印度的生命科學，與《黃帝內經》的醫學接軌吧！」

剛才我講的是有這個意思，同時把舊的東方的醫學，印度及中國的，接上現代二十世紀以後的醫學與科學。這位同學的意思是要我不能偷懶；當然他話沒有那麼講，他說話沒有攻擊我的意思。

剛才講印度的文化，譬如說以釋迦牟尼佛做代表，入胎與出胎這是生命科學的根本。印度兩三千年前有這個經典，現在沒有了。所以印度學瑜珈的這些大師與我碰面時，我說你們的文化是世界上宗教的搖籃，天主教，基督教，阿拉伯的回教等等，包括希臘哲學都是從印度出來的。

印度當時很大，現在講阿富汗、以色列等，原來都屬於印度；範圍一直到我們新疆的邊境。這個國家民族很有意思，現在還有幾十種語言文字，古代有六十四種不同的語言文字，到現在還沒有統一；而且階級觀念最強，有四種階級至今還改變不了。

譬如有一個印度朋友，是第一流階級婆羅門教。婆羅門教的人到我們家裏，坐下來都害怕不乾淨，我就拿塊布給他，可以撢一撢。他們出門帶一把掃把，像我們中國道家帶一個拂塵子，撢乾淨。他說南老師我沒有嫌啦，他也客氣也騙我。有一次破例在我這裏吃飯，他說叫我吃飯我就吃飯，諸如此類。印度最下等的階級是首陀羅，做工的奴隸，低下到什麼程度？假使像我們這樣去做客人，看到掃地做工的來，低著頭勾著腰，不敢看我們。這一些人不一定是黑人哦，印度的人有五種，白的也白得很漂亮。我們拿東西給首陀羅吃，不能這樣給他的，他會害怕了，要丟在地上，他就爬過來拿去吃。

跟印度人談話很特別，你問是不是？他在點頭，意思是「不是」，與我們一般的反應剛好相反。這個民族文化很有趣，他說你們世界上的人都講破除階級觀念，我們也想改變，但是我們甘願如此，過得很好，爲什麼一定要搞平等呢？我說朋友啊！不是世界上要你們平等，這是你們的文化，是釋迦牟尼佛的，全世界講平等是他第一個叫出來的。這個朋友也講了，他老人家是慈悲愛人的意思，不過我們這樣也是愛人耶！我只好說你說的眞是有道理。等於我們昨天晚上講《莊子》的課，多一個指頭也是指頭，缺一個指頭也是指頭，沒有關係。我講話又岔開了。

所以說印度這個文化，有關生命的根本，你們學醫的要去了解。印度有一本書，是有關生命的奧秘，可惜很少翻譯，也有些翻譯名稱不同。

譬如我們現在的西醫來講，呼吸系統是一個，腸胃消化系統是一個，中央是中樞神經系統，及前面的自律神經系統，好幾個系統。我們人老了，拿東西發抖流口水，是自律神經失調，同中樞神經沒有關係。

賀爾蒙系統在什麼地方？它是個腺路嗎？有個機構嗎？我常常跟西醫的朋友說，我說賀爾蒙系統我們中醫叫「三焦」。腦下垂的賀爾蒙，胸腺的賀爾蒙，腎上腺的賀爾蒙，這些是什麼東西啊？它是個液體。這是比方啦。

佛學中的中醫

印度的佛學中與醫學有關的這些書，現在很難找到原書，有人翻譯過一本，就是學密宗的陳健民，他已過世了，當年我們差不多同輩的。他翻譯的名稱叫做《甚深內義根本頌》，雖然翻譯成中文了，還是讀不懂，只可以做參考。所以今天你們青年人，學醫的，學科學的，大家努力一點，未來的文化要靠你們接上了。

剛才休息時，有聽眾反應說，希望我把佛學生命的來源，怎麼變成氣脈，跟醫學、哲學給大家講一講；我也答應了。我們好像還有時間，不只這一次吧！

今天晚上先講釋迦牟尼佛所說生命的來源。生命的來源同醫學有絕對的關係，過去是用宗教的方式講，把生命的過程切斷來講的。我先代表佛教說，佛教的基本，其實也就是科學，如果不當做宗教看，你就靈光了。什麼宗教不宗教的！其實宗教是把人的思想規定在一個範圍裏頭，你把這個規範拿掉就不是宗教了，就那麼簡單。

現在我們拿掉宗教的蓋子，來說佛的宗教哲學，其實就是生命科學。所以我常常告訴大家，佛教佛學的基礎建立在「三世因果，六道輪迴」八個字。我們現在的生命是分段的生死，前一段，現在一段，死了以後未來的下一段。用科學的道理講，什麼叫三世因果呢？世代表時間，過去的生命是指過去有的生命，但是現在我們看不見了，不曉得出生以前是什麼，自己不懂嘛！

如果經過一個科學的修行證明了，用生命證明而知道以前的生命，那就成爲神通了。過去是有的，未來死亡之後有沒有呢？還是有。中間活著的這一段，不管活一百歲或二十歲，活著的這一段叫「中有」，是中有的生命。如果死了以後呢？另一個生命起來，叫「後有」。所以佛教並不一定談空哦！

這個生命是有的，前生的是「前有」，現在是中有。

所以一個人的生成，在古代翻譯的經典中，是非常科學的，男女和合而構成一個人，古書上叫「男精女血」，男人的精，女人的血。我們現在講，一個精蟲碰到女性每月排出來的卵，就成胎了。

精和顏色

再看佛的生命科學，有關這方面，大家從來都不敢講，現在我老實告訴你經典上看不見而只在律部有的資料。男人的精蟲有青黃赤白黑五種，再加上酪色、酪漿色共七種。這個說法要去求證了；以我所曉得的是有不同的顏色。譬如有些大哲學家，科學家，或者大英雄，他的精的顏色不同於一般；換句話說，他頭腦也不同，神經也不同。所以我年輕時聽人講過，天下的才子、英雄、美人都很好色。好色是當然的，因爲他天生秉賦不同，可以說基因不同。

那麼佛說的精呢？他說不是精蟲叫做精啊！全身都是精。也就是說，全身細胞都是精，所以一個細胞抽出來可以克隆（複製）人。大家現在一講到精就想到性行爲排泄那個精，這種認識已經根本錯了。那個的確是精，是男人在性行爲上，把精一下變成精蟲，那是轉化。現在西方的醫學說，是性行爲的快感，腦下垂體受刺激產生賀爾蒙，下降到下面，而刺激了男性身體這部份的機能而造成的精蟲。

關於男性的精，釋迦牟尼佛的醫學講得很清楚，也是非常科學的。他在兩千多年前，比孔子早一點點，曾說女性子宮高一點不能懷胎，低了不能懷胎。所謂低了我們現在婦科檢查叫子宮後傾；偏了不行，冷了不行，熱了也不行。這說明什麼？佛有幾句話，「人身難得，中土難生」。

這個中土不一定指中國，是指有文化的國家社會。所以他一共有四句話「人身難得，中土難生，明師難遇，佛法難聞」。高明的老師不容易碰到，尤其佛法中有關生命的最不容易聽到。他先說明男女兩個生殖結構有一點偏差的，有任何疾病的，都不能生育，不只是性病。所以生命的來源，每人的秉賦不同，命運遭遇也不同。沒有個上帝，也不是佛菩薩做你的主宰，也不是閻王；而是無主宰，非自然，不是唯物的。

難得的生命

那麼生命究竟怎麼來的？是我們自己造的，自己帶來的。這個自己造的因果是什麼？他有幾句話，學佛的更要了解，一般看起來是宗教，事實上他是講生命科學。「假使經百劫，所作業不亡」，這個業是事業的業，你的心理行爲與一切做出來的行爲，是有哦！不是空哦！都累積在那裏；即使經過很長的時間，也不會消亡。「因緣會遇時」，碰到那個機會一來，條件成熟了，「果報還自受」，就有因果報應，要還帳的，是前生來的。這個因果律與自然科學的因果律一樣，前因變後果。

所以他說，生命的受胎是很不容易的，人身難得。我常常說，照現在醫學講，男女的性行為，男性的精子，不管幾千或是幾萬一次出來，就像許多兄弟姊妹賽跑，衝到前頭的，才成功這個人，其他的沒有了，這也是人身難得。

釋迦牟尼佛在幾千年前做了一個比喻，說生命難得，如大海中的盲龜，撞到一個海上漂流的木板，一抬頭，剛好伸進這個板子洞裏。他說我們生命就像大海之盲龜撞上來這樣，人身難得呀！鼓勵大家珍惜自己的生命。

所以我們剛才拿科學來講，這個精蟲跟卵子碰上變成我們這個生命，這是多難得的一件事情！後面就有很多神秘的了，現在也很難求證。先不講別的，他說人的生命，我們活著這一段幾十年是「現有」。一下死亡，昏迷過去了，還有沒有？有；這個叫「中陰」，因為是過渡階段，有時也叫「中有」。

死後的七天

至於怎麼死亡又是一段科學，講起來很有意思，很長的。死了斷氣以後，再像睡覺一樣醒過來，就是中陰身。那個醒轉過來的生命，也能夠看見，能夠聽見，能夠說話，能夠行動。可是我們摸不著，接觸不了，因爲他沒有物質的身體。有一個英國科學家的解釋，他說有個名稱叫「超等的電磁波」，那個與我們不同，所以接觸不了。我說你們講對了。

所以人死後再醒過來，就具備了神通，沒有時間的阻礙，沒有空間的阻礙。假設他有一個親人在美國，這個親人在夢中，一下子就感覺不對，啊！好像看到我的爸爸或者看到我的媽媽，是眞的，他來了。因爲他這個超等的電磁波，就是佛學說的「中有」的感應。也就是這個生命死了，下一個生命還沒有開始以前，中間存在的這一段。中陰身具備五通，只要念頭一動，就到達他要去的地方了。

這個中陰可能對我們說，算了吧！你們不要哭了，我已經走了，另外換一個身體了。假定是這樣，我們聽不到，但是我們心裏想的他知道。這個我們普通叫靈魂，這不是鬼哦！鬼是另外一種生命，這叫中有之身。這個中有之身，中間變化很妙，很妙。

中有還有生死沒有？還有生死。七天一個生死，又是七。印度與中國一樣，譬如我們中國人常說，「你這個傢伙做事亂七八糟」，這是《易經》上的話，七跟八不正常了。「你這個人怎麼搞的，顛三倒四」，也是《易經》上的話。譬如我們寫信給和尚，佛教裏行個禮叫「合十」，兩個五合起來叫合十。我們中國人講「合適不合適」，寫錯了；其實是合十不合十。這些都是《易經》的數字，現在又講到數字了。

所以中有之身是七天一個生死，它也有生死。那麼民間流傳死了以後叫和尚唸經，有用沒有用？我們不批評也不討論。反正告訴你七天一個生死，有些人不一定七天哦！譬如大好人大善人沒有中陰，這裏一死立刻就到另外一個世界。大壞蛋也沒有中陰，這裏一死馬上下地獄了。

普通像我們一樣，說好人又不像，說壞蛋我不承認，這種人有中陰存在，不好不壞，七天一個變化。這個中有生命最多活到四十九天，就轉另一個生命了。所以中國人死了要「做七」，這個中國文化已經流傳了幾千年，在民間流行好像迷信，實際上是個生命的科學。

講到中有的道理，等於是我們的記憶；你看在座的人，年輕的二十幾歲吧！老一點的年將半百，有些垂垂老矣，像我們這些老人已經不算了。你過去所作爲的，你有沒有回憶？都有。不過老了，癡呆了，想不起來了。

人到老了想的都是過去的事，現在你說的話，他馬上就忘記了。你不要看他癡呆，照樣有思想。所以有人問我，白癡有沒有思想？我說絕對有思想，他的思想是限制在某一個框框中。等於說瞎子看見看不見？有看見。瞎子的看見不像我們的看見，他看見的是前面那個什麼都看不見的。那也是看見啊！那麼你說白癡也有思想，這個就是中有的道理。所以佛教沒有說有鬼神有靈魂，因爲那是另外一個生命。

再來人世間

剛才講三世因果，六道輪迴，歸納起來有六種生命大類，實際上是十二種的生命大類。以佛學來講「有色的」生命，就是有形象，看得見，摸得著；「無色的」生命看不見，摸不著。照佛學的道理來講，我們活在這個世界，其他的生命跟我們共同活在一起，過來過去都沒有妨礙。其實鬼神靈魂在我們身上撞過來，撞過去，我們也從它身上穿過來穿過去，彼此沒有妨礙。這等於物理的「空」的理論，或者是講量子的變化一樣，我們彼此撞過來撞過去沒有阻礙。

同樣的道理，中陰身有很多功能。所以有時候青年人談戀愛，出去做了什麼不好的事，我說你們小心哦！你以爲偷偷摸摸在那裏做愛，其實旁邊不買票參觀的很多很多，都是準備來投胎的。所以我說你們讀儒家的書，曾子在《大學》中講「十目所視，十手所指」，人起心動念不要有壞的想法及行爲，有十個眼睛看著你，無形的；十個手指頭指向你。這是儒家講的，很嚴重。

我說曾子還講得客氣，照釋迦牟尼佛的理論，你的所作所爲，旁邊看著你的豈止十個眼睛！所以中國講道德的修養，有一句成語，不敢「暗室虧心」，在黑暗的房間裏，自己的思想都不敢亂，就怕虧心。這是舊的東西，但是這些東西有科學意義在內。

然後講到男女做愛精與卵子結合的時候，會不會一定成胎？剛才介紹過，不一定。有時在中間就死亡了，這個精蟲沒有一個可以賽跑到盡頭的。有時候女性這個卵子下來以後，因爲她的身體不健康，也沒有用。同時精蟲卵子兩個結合不一定能成人，沒有靈魂的加入也不能成胎。

我經常談到這個問題，還有人寫信來問，現在克隆（複製）人，拿個精蟲來或者拿個細胞來，在玻璃管裏面，也要這個中陰參加才生成人。如果沒有這個，它就變成植物性的動物，有感覺不能思想。所以佛說男精女血，精蟲卵子湊攏來，加上中陰進來，叫三緣和合，才能夠變成一個人身。

當然人身爲什麼變女人？爲什麼變男人？爲什麼變成高的矮的？爲什麼變成病態？爲什麼長命？爲什麼短命？爲什麼他的運氣這麼好，我就那麼苦？爲什麼他有功名富貴，我怎麼貧窮一輩子？釋迦牟尼佛講得非常詳細。一般人看了好像是宗教麻醉，一個眞正研究科學的人一看會出汗，眞的會出汗，因爲這是如此的科學，這是生命的來源。

風和氣脈

我們剛才研究《黃帝內經》這個氣脈，先由七啊八啊開始，還沒有講到內部。印度這一套《甚深內義根本頌》所講的，比我們《黃帝內經》，還要詳細得多。可惜我們唐宋以後，包括中醫界有名的金元四大家，江南的徐靈胎啊，葉天士啊，包括福建的陳修園等等，都沒有摸到這裏；尤其現代我們跟西方醫學、解剖學結合，更沒有碰觸到這裏，太可惜了。

我希望你們年輕學醫的同學，要立個志願，這種學醫不是做醫生了。以前我們的觀念就叫這個是學醫理學的人，是醫生的醫生，研究生命的原理。過去的醫學院，德國的，英國的，都有醫理學這一科。現在沒有人肯學醫理學了，因爲現在學醫的目的不是學醫，是學賺鈔票。不管你們諸位是不是這樣，我看到這個太可怕了。學醫的人眞的要有一種菩薩心腸，一種濟世救人的精神，而且不怕貧窮，不怕艱苦，那才是眞正研究生命科學，眞正的學醫。

好了，我們現在回過來，他說一個胎兒三緣和合才結胎，七天一個變化，所生出的脈，我們現代人喜歡把它叫神經，但不是神經。佛家道家講氣脈不是神經，是氣路，一條氣的路線。後來我們中文翻譯用肉字旁這個「腺」，還勉強可以代表。

神經是神經系統，脈是腺路的系統，而且這種腺路的脈，像中醫講風而不是風，是道家所說的氣（炁）。但也不要搞錯了，不是空氣的氣哦！是能量，生命的能量，代號叫做氣，《黃帝內經》上叫做風。

《黃帝內經》後面會講到風，「風善行而數變」，它轉動得很快，不是吹的風哦！是一種能量的比喻。又如《黃帝內經》上說「邪風」，你以為風都不能吹嗎？不一定。我們身上內外都有風，所謂邪是我身上不需要的侵入來了，叫做邪風。其實風沒有邪正啊！像昨晚《莊子》所講的多一根指頭少一根指頭一樣，邪正是很難分的；我們生命中不必要存在的，都叫做邪，這個觀念先弄清楚。

胎兒成長

胎兒的生長第一個七天生起來的脈，並不是以這個脈為主。我的話邏輯很清楚，我現在是講暫定第一個七天生起來的就是中樞神經的脈。他講脈是什麼？中樞神經也可以解剖的，我們的背脊骨這個骨節，一節一節連起來，中間是一條空管。把背脊骨裏頭解剖了，分析起來有三層，硬骨頭裏頭軟骨，軟骨裏頭一種液體，液體裏頭還有空的，那個是脈。所以脈跟氣，跟水一起結合的。

那麼我們人體上呢？整個的人體百分之七十是水分液體。拿我們《易經》的八卦來講，風水叫「渙」，散開了。所以第一天起來是這樣。這個中脈所發生的以脈爲主。我們正在研究《莊子》，我已經講過《莊子》內七篇，其中講庖丁解牛的時候提到過「緣督以爲經」，以中樞神經爲基礎。背脊骨爲主叫督脈，一切生命都是這裏先發展。

譬如我們的神經以背脊骨爲中心左右交叉，過去曉得是交叉，與量子力學的變是一樣，是一個變化的形態；還有一個變化形態在神經。所以密宗畫了很多的圖案叫做曼達拉，曼達拉梵文翻過來就是道場。反正是圖騰的標記，是圖案。有些三角形，有些四方形。譬如我們生命的關係到處都有三角，你看自己身上畫一畫，我們三角多得很。我們兩隻眼睛下來這樣叫三角，到處是三角。整個三角兜攏來是四角方的，整個方的變成圓的這麼一個身體。你們畫的圖，一條線這樣交叉也是一個圖案。密宗很多的畫很好看，老師啊！我送你一張曼達拉，西藏買來的。我說好。這是科學的，科學的圖案，但是他們當成宗教崇拜。

中脈生起來是在第一個七天，以後七天一個變化，七天轉換一個氣，換句話說是生命的能量轉變。由入胎到嬰兒生出來，三十八個七天，每七天的變化是一個氣化，能量變換了，名稱都不同。印度同我們《黃帝內經》講的又不同，太詳細了，包括每個轉化生出了多少脈。譬如講人體上脈的路線，由足趾頭到頭上，依肚臍爲中心散開，這是粗的來講。

所以你看密宗很多佛像的圖案，畫得很科學的，不是迷信。爲什麼科學的東西變成宗教的迷信呢？我們中國人懂，孔子在《易經》裏告訴你，「聖人以神道設教」，其實沒有宗教，宗教是人建立的。所以禪宗有兩句名言「魔由心造，妖由人興」，什麼叫魔？什麼叫鬼？什麼叫神？都是唯心的。誰做的？是人造的，蓋個廟子，雕個木頭在那裏，這是菩薩，這是土地公，你不信就出問題。其實哪裏來的？心物一元的，科學的，所以他的圖畫是這麼一個東西。

從肚臍以上到胸口，你看畫的佛像，我們中國塑的佛像大肚子坐在那裏，這不是眞的佛像。西藏畫的佛像，那是眞的，三圍均勻，不管男女，工夫到了一定是這樣。這是氣脈的關係。肚臍以上到心臟這裏，剛才講研究中醫，風大這個氣這裡是下行氣，不是上行氣。老年人便秘，假定你用藥用錯了，給他瀉得太厲害，把下行氣瀉完，老人很快就死了。所以死亡以前肛門會打開，下元的元氣空虛了，下行氣沒有了，所以死亡。

第二堂

身體中的脈輪

剛才講到印度的氣脈之學，也就是醫學的根本，由肚臍以下的這一節，翻譯成中文叫變化輪，又叫「臍輪」。有六十四條脈向上，與向下的心脈八條，兩個雨傘一樣那麼蓋起來。我們人都是從下部生的，這個是生命的特點。如果研究佛學，我們這個欲界的生命，多半是從下面生。但是欲界裏高一層的人，不是女人生的，而是男人生的，而且是從男人頭頂生。所以假使我生到那個地方，願意做女人，因爲男人還有生孩子的痲煩。不過並不必懷孕，一動念就生了；那個不要談了，牽涉太多了。

講醫學，你看中年人走路，腰以下都有問題了，已經差不多了。換句話說是死亡開始的消息來了；所以對於養生要特別注意。我們中醫的營養學家是根據「四象五行皆藉土」，腸胃就是五行中的土。在金朝、元朝、宋朝這個階段，所謂北方的金元醫學四大家，有人主張注意腸胃；四象五行是用

《易經》來講的，皆藉土是與土有關，也就是先把這個腸胃照顧好。

另一句「九宮八卦不離壬」，就靠這個腎水，大家以爲是腰子這裏，不是的，是先補腦。所以補腎等於補腦，腰子只是連帶關係；光是腰子沒有用。這是我了解的學理，對與不對，大家研究，因爲我不是學醫的，講錯了不負責任。現在還是介紹印度佛家的氣脈與醫學，這是說到下面的變化輪。

肚臍上來到胸口心窩下面這個地方，是「心輪」，心輪也叫做法輪。所以我們年紀大了，背駝起來了，腰彎起來了，胸口這裏鼓了起來，這是講生理部份。至於靈魂變成的精神部份，我現在還沒有介紹。

這個心輪的脈，大的只有八支。所以我們的心臟拿出來解剖，實際上粗的是八瓣，像蓮花一樣。不講細的。嚴格拿死人來解剖分析，這個心輪，不是心臟，我們講唯心的心也不是指心臟。心臟是整個供血供氣的中心。

心輪八瓣叫做法輪，這個心輪如果打開了，人就非常愉快，非常爽朗，心境也會很大。有些人思想很注意小地方，那是心脈閉了。所以學禪宗講大澈大悟，英雄氣派大，是心輪很大，打開了。這一層的寶蓋叫做法輪，是佛教的名稱，是有關情緒思想、健康方面的，很重要。這是法輪的一層。

反過來向上這一層呢？心輪以上叫「喉輪」，喉嚨很重要，包括氣管、食道管。這裏粗的脈十六支，倒過來的雨傘一樣，向上面走。喉結這裏是生死關。不曉得你們青年醫生看過沒有！我不是醫生，但是老朋友多，有些老朋友要死的時候，實在受不了，就要我去見面。一般學道的人不肯接近病人，因爲病氣過來很難受。可是我這個人，過去經常有些特別的老朋友，臨死以前念我。譬如，前兩天北京一個醫生，臨死以前他太太打電話來，說他不行了，躺在病房裏什麼都不知道，只知道上海南老師，上海南老師要來看我。我告訴他太太，你去買一盒安宮牛黃丸下去試試看，我不好講死馬當活馬醫，這是前兩天的事。我這是說明心輪不打開，心境多憂鬱，多焦慮，心輪閉起來是很麻煩的。

喉輪 生死關

到了喉輪這裏更要緊，喉輪是生死的關，這是十六條向上的脈。我們摸這個喉地方，道家根據解剖，不是解剖，是推測，叫十二重樓。所以有時候打坐坐得好，自己有甘甜的口水流下來，這叫玉液瓊漿，可以返老還童。現在西醫也知道，自己靜定下來的口水，有一種甘甜的味道，道家叫甘露。常常流下來的人就健康，而且不會有消化不良的毛病。道家這個十二重樓，密宗叫這個是喉輪；如果喉輪打開的人，沒有什麼煩惱，思想方面比較清爽。所以打坐修定這裏氣脈一定要打開，對男人更重要；至於醫生怎麼用藥，我們再研究。

因爲這裏打開非常重要，所以學印度瑜珈的人，洗喉嚨洗胃，我們都洗過。你們學印度瑜珈求健康長壽，先告訴你洗胃的方法：把那麼長的紗布，乾淨的，消毒水處理好，嚥下去，很野蠻哦！嚥下去以後拉出來，其臭無比。我們這個胃，喉嚨以下食道，比那個餿水桶還要臭。學瑜珈每一兩天要洗胃，使腸胃裏沒有髒的東西，這是印度一種醫學。

清洗內部

還有一種洗鼻子，我也洗過。李素美花了很多錢請印度的瑜珈大師來教，大家學了也不做。每天早晨起來叫你喝杯鹽開水，再拿壺來灌水洗鼻子，左鼻同右鼻的影響不同。我們當年沒有那麼講究，就是拿完全乾淨的水，從鼻子吸進去。哇！那個腦痛得不得了，儘量向腦裏面吸，從嘴裏吐出來。幾次習慣以後就不痛了，也不刺激了。因爲腦的裏面很髒，所以學瑜珈的人這些都要清洗的。

我們中國人沒有做過，聽著很稀奇。其實除了洗鼻子，洗腦，七竅都要洗過，才健康。外加前後陰就是大小便之處，每天九竅要洗得乾乾淨淨，這是練瑜珈的人要做的。YOGA，現在叫做瑜珈，古代佛教舊的翻譯叫「相應」；我現在給你們翻譯成「感應」。我們人跟空氣跟自然互相的感應。等於廟子上菩薩前面寫「有求必應」，互相交感，有關聯；這是增進健康的方法，再加上鍛鍊身體的姿勢，配合呼吸法。

關於喉輪這個脈十六條向上，到頭上就麻煩了。剛才跟你們介紹這個喉輪叫「受用輪」，生命的享受。我們人有許多思想不通，或者有自閉症，憂鬱症，實際上最重要的，你們諸位醫生去研究，是吃東西進去，食道管不乾淨。如果食道管乾淨了，自閉症，憂鬱症就沒有了。

食道管是什麼東西呢？我常常做比喻，像玻璃杯泡牛奶，牛奶喝完了，玻璃杯上留了一層白色，你不洗三次五次，玻璃杯就不透明了。我們食道管及下面的腸子，也像喝完牛奶的杯子，髒得很；所以學瑜珈的人，一定要把這些洗乾淨的。

這個健康同醫學有關哦！我向你們報告，我所謂報告，你們就是我的上級了！我是下級向你們報告。這樣說，等於有一次學生講「老師你向我建議」

一樣的沒有文化。我問那個學生，你叫我向你建議，我是你的部下嗎？你命令我嗎？他說老師不是啦。現在年輕人都是這樣說話，實在沒有文化。要對爸爸說指示我吧！教訓我吧！這樣說才對。所以現在沒有文化就亂用辭句。

現在還是回過頭來，向你們諸位建議，很重要的建議；這個食道、胃也可以用藥弄乾淨，也可以用氣功弄乾淨；都是有方法的。

頂輪通了真樂

上到「頂輪」麻煩了，頂輪三十二支脈，都是粗的講哦！前面講過了，大家注意到了吧！整個的身體有七萬多支脈耶！現在只講大體的網路。頂輪的脈叫「大樂輪」，他為什麼用一個輪字呢？是梵文的翻譯，藏文也這樣翻，所謂輪就是「這一部份」，「這個部位」，等於這一圈的範圍。這個脈如果打通了，可以與外面相通，智慧就打開了。所以有憂鬱，或思想不通的人，是腦出了問題，或者腦神經不通，這三十二根脈通了，永遠是快樂的，永遠非常的快樂。

這四個部位報告完了。臍輪、心輪、喉輪、頂輪，這四個輪有明顯的腺路，在所謂三脈七輪中，另外三個是「眉間輪」、「梵穴輪」及「海底輪」。由於這三個部位腺路不明顯，故有密宗說法爲三脈四輪。眉間輪在兩眉之間，可以看到一個人的思想精神。我給你們做個比方吧！勉強來說，我眉間輪這裏明亮一點，所以比你們痛快一點。你們仔細看看，也檢查一下自己。這個眉間輪這裏，像唱戲的那個狀元、宰相，白面書生這裏一個紅點，就是在眉間輪這個地方。

頭頂上離開四個指頭的地方很重要，叫做梵穴輪。開了以後可以與天人相通。譬如講光學的研究，我們的身體也在放光。以物理來講，萬物都在放射，我們的生命也在放射影響別人，別人也影響我們。我們放的光現在用儀器可以測到。我跟呂松濤講，如果找到這部機器，趕快採購來，就可以測驗我們所放的光了。

我們的光就是像畫的佛像那樣，我們人站在那裏，兩手伸開有多寬，一圈下來的範圍，光就有那麼大。如果你身體有毛病，或者思想不對，呈現的光線就不同了；這是現代醫學科學的一個發明。我們《黃帝內經》也講到這些，只是沒有這麼明顯。印度的醫學講生命的來源，講氣脈由入胎講到這裏，很明顯。所以梵穴輪的光明與思想念頭有關，如果人經常這樣低頭，這樣思考，就是普通講垂頭喪氣，已經差不多完了。

我們中國有一句話形容年輕人了不起的，形容他的神氣，好像禪宗有句話「舉頭天外看，誰與我一般」，就是他的脈打開了。當然現在你們很可憐，讀書讀得氣都不太軒昂，氣被兩個近視眼卡住了。

對不起哦！這也是我的經驗，年輕人眞可憐，書沒有我讀得多，雖然我沒有你福氣，年輕時在很小的蠟燭光下，讀了那麼多書，但是並不像你們那樣近視。而且，我坐在這裏不需要轉頭，兩邊過來我都看到了。你們戴著眼鏡只看到前面，這就關係到生命科學了。所以這些都要自己鍛鍊回來，或者用藥物，高明的醫生可以用藥物把你拉回來，還非回來不可。這是講梵穴輪。

海底輪在肛門跟生殖器官中間的三角地帶，如果家裏有嬰兒，把嬰兒兩個腿分開就看到前陰後陰中間的三角地帶，這裏叫會陰。學密宗道家，講氣脈叫做海底。這是一個脈輪，這個脈與後天生命來源是密切相關的。這就是三脈七輪，這個身體的氣脈。

內經說風

剛才講的印度醫學，也就是佛家所講的醫學，這是脈輪外形，那麼氣呢？剛才我提到氣，氣就是風，叫做風大。《黃帝內經》中提到風，但是一般把風當成外風了，不是的，這個是代號。所以佛教有句成語「四大皆空」，地水火風叫四大，大的意思是這一大類，一大堆啦，所以叫做四大。實際上是五大，地水火風空，這是五大。

這個空不是理念上的空，是有形的空。譬如我們看這個地方沒有東西擋住就叫做空，這是物理的空，空不是沒有東西。地水火風空五大，是說生命具備了這些東西，所以風大是一個代號。道家或者中國醫學把那個叫做氣，風大就是這個氣。空氣也是風大，我們身體內部，生命第一個重要的維持是風大，是氣，沒有氣就死亡了。但是四大要平衡，地水火風要平衡。

所以你讀《黃帝內經》看到風字，不要認爲衣服穿好，被子蓋到就沒有風，你被子蓋三層裏頭還是有風。風是無孔而不入的。《黃帝內經》就說「風善行而數變」，它亂鑽的，行就是鑽進去，它沒有空間。拿空氣來講，我們修好了房子，牆壁阻礙風進不來，你說水泥牆壁裏有沒有風?當然有，它一樣透過來。所以我們曉得氣和風是這個樣子的。

風在身體中，又分五行氣；上行氣向上走，是自然的，不會到下行來。假設上行氣到下行來，是不行的，它們是兩個路線不同，軌道不同。下行氣向上走也不行。左邊的是左行氣，右邊是右行氣，這是印度的分法。我們分左右陰陽，中間腰圍一帶，我們叫帶脈。所以奇經八脈，腰圍一圈的中行氣都要打通。不通的話，生理生命就不平衡。這個五行氣是這樣的，還要配合火大修法。這是講生命形態，介紹了印度的醫學，也就是佛學的醫學，這個課題還沒有完，還要第二次補充。

不同業報的人

再回過來講，生命很不容易，成了胎兒以後，有些人的業報，沒有出生就胎死腹中了。所謂業報是什麼？你前生所有的思想、行爲，所做所爲累積的成果叫業。所以佛說一個生命來得很不容易。有些人流產了，或者胎死腹中，或者九個月快出產門的時候死亡，或者生出來立刻死亡，或者不到一百天死亡。所以這就講到，你們懂得醫學，曉得陰陽八卦的，算這個人六歲行庚，八歲行庚，幾歲以後才算成了人，很難有把握，業報就是這麼一個道理。

生命是業報來的，所以一個生命不是完全遺傳，我們中國人一句老話「一娘生九子，九子各不同」。我們很多朋友，一個媽媽生了十幾個，兄弟姊妹個性不同的很多啊！我在台灣的時候，有一個老太太屏東人，身體好得很，生了十四個。所以我在台灣師範大學教課，有兩個人結婚，女的學國文的，男的學教育的，要我證婚，都是好學生。我跟那個女學生講，你大概怕生孩子吧？她說，老師說我怕生，我生八個給你看。後來生了六七個。她認爲生孩子是快樂的事，這個思想當然不同。

在生命中，兄弟姊妹的樣子不一樣，遭遇不一樣，命運不一樣，健康不一樣，一切都不一樣。是誰做主的啊？有個上帝嗎？有個閻王做主嗎？眞正的佛學告訴你不要迷信，一切唯心造，是自己造的，生命的主宰還是自己；是自己的前因後果的因果報應。

所以，眞正的佛學講因果報應並不是迷信的話，而是一句很科學的話。你昨天罵了人家，當時人家對你笑笑，心裏已經有了仇恨，有機會他一定會報答你的，不會客氣。這就是因果，這就叫做業。所以魔由心造，妖由人興。因果報應，這個生命來源是這樣的。

那麼眞正的生命也同《黃帝內經》講的一樣，那個生命，有靈魂來入胎，那個就是我們的思想，叫做神。這個神是無形無相的，現在醫學只講腦，其實不是腦。以佛學的觀點，我們腦是身體的一部份。所以佛學講眼耳鼻舌都在頭上，這個身是什麼？由腦到每個毛孔都是屬於身。這個神是神志意識，不在腦裏；神志意識通過腦起作用，存在身體內外旁邊都有。至於有多大的範圍，就很難講了。不過，剛才我講光的道理是這麼一圈，意識也是這麼一圈的範圍，所以人有時候有靈感，這個靈感莫名其妙一下加進來，但是又看不見。

能夠成爲一個生命，神和氣很重要。道家講精氣神，什麼是精呢？剛才已經講過，不要認識錯了，全身的細胞、能量，都是精，精氣神要合一。然後研究《黃帝內經》知道如何對付氣脈，看準病情再去用藥，這樣的醫生就會有很高明的手法了。

第二講

四月二十二日

第一堂

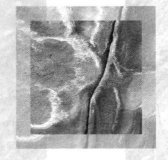

我們這一次講的題目，是科技大學朱校長給我定的，就是「生命科學與《黃帝內經》」。這個主題千萬要把握住啊！我不是醫生，也不是科學家，也不是哲學家，什麼都不是，只是個讀古書出身的老古董；現在老了還在玩這個的老頑童。這不是開玩笑的，只是叫你們觀念弄清楚，我不過順便帶領大家認識一下我們自己的固有文化，以及其中有關生命科學的問題。

難經 三玄之學

一般學西醫或者學科學的，對於《黃帝內經》根本不大承認的，大概醫學院也只是粗略的提了一點。你們年輕學醫的，可能也沒有好好研究過這本書。事實上，這是中國文化最重要的一本書。

其次，有一本書你們學醫的大概更不注意的，就是《難經》。大家看到《難經》更覺得是迷信的，或者隨便給他加一個僞科學的名號，眞是錯誤的觀念。

上次我們講到《黃帝內經》的第一篇〈上古天眞論〉，就是有關生命的來源，因此引出了很多的問題。有一位大醫師，也是大教授就提到，他說〈上古天眞論〉這個觀念，是不是從修神仙的道家書上來的？我說不對啊！因爲按照文化發展歷史上，是先有《黃帝內經》的，後來才有了道家這些書。這種工夫、這種學問，現在日本也很流行，叫做內觀之學。日本人還有一派認爲這是日本的，你們中國還沒有。我就笑，內觀就是中國道家的舊名稱，也叫做內視；讀了《黃帝內經》以後，你慢慢就可以看出來了。

中醫裏頭有關生命科學的，有好幾本書是比較難懂的，《黃帝內經》還好辦，《難經》最困難；因爲大家不懂《易經》的原故。當然《易經》《難經》都比較難，尤其對你們現在的年輕人，這的確是很難讀的書。所以我現在是帶領大家提起注意，如果注意得好，再配合印度佛學講的生命科學，這樣一來，我們中國在二十一世紀自己就創出一個生命科學了。大家不要聽到科學兩個字就嚇住了；尤其現在一般學科學的，把舊的東西都叫做僞科學，認爲是假的。

我說這根本弄錯了，科學是沒有眞僞的；換一句話說，科學開始都從幻想來發展的，它本身就是假的。所以什麼古代是僞的，現代是眞的，這種評論在邏輯上站不住的，這是第一點。第二點，上次講了〈上古天眞論〉產生好幾個問題，剛才講的是歷史文化五千年演變的問題。其次，《黃帝內經》幾乎同中國三玄之學關聯在一起，所謂的三玄之學，在中國文化思想上非常重要。

什麼叫三玄之學？就是《易經》《老子》《莊子》。這幾本書與後來印度文化佛教經典也有密切的關聯。譬如我們翻譯佛經，很多名辭都是借用這些書上的，這個要特別注意。除了《易經》《老子》《莊子》外，最重要的還有陰陽五行之學，就是諸子百家之中的一家所謂陰陽家。如果陰陽之學不懂，《黃帝內經》或者《易經》就不懂，當然也無法讀下去了。

我現在講的這些話，都是一條一條不成一篇文章，也不連續，因爲時間來不及，只能給你們提要點。

我讀內經

回轉來講，我讀《黃帝內經》時只有十三歲。十三歲我已經教書了，因爲家裏辦一個小學，爲了使我對外國文化有補充，請了一個日本留學的老師教這個小學。這個老師住在我家裏，也教我，實際上我們都去教小學，所以我那個時候也站在臺上教書了。

這裏順便講一個故事，當年我們派去日本的留學生，老一輩的都是秀才，已經有功名。我們那裏派出去留學的有三個秀才，讀書很了不起，回來卻變成無用的人了。後來我才知道，日本人看到中國優秀的人才，就想辦法把他弄得沒有用。所以這個老師一邊給我講課，一邊犯羊癲瘋歪過去了，流口水人事不省。把我嚇壞了，快叫媽媽！我父親也在，對我說：「孩子，不要怕，等一下他就好了。」好了，給他洗把臉，他又講課了。

他吃素學佛，回來以後雖然變成一個無用的人，可是學問非常好。他給我講課時，一邊擺著一本《金剛經》，一邊是《黃帝內經》。我就好奇，什麼黃帝？看了這兩個字搞不清楚，認爲就是國家領導的皇帝。我就去摸，說：「老師，你的書我看看好嗎？」所以讀了第一篇，就是上次講到二七天癸至等等，覺得很好玩，那個時候開始接觸到《黃帝內經》與醫學。

偷練武功

我還有一個老師，因爲我小的時候喜歡練武功，自己關在書房，沒有老師，偷偷地叫人到上海買了許多武術的書，現在都沒有了。當時那些書都有插圖，古的著作，大約二十世紀的初期吧，很了不起。我就在樓上書房裏自己按照圖案練武功，想作俠客。有一天讀完了書，照那個圖案，一跳掛在樑上，兩個腿倒轉來勾著，好像俠客飛簷走壁。忽然一下掉到地上，蹦的一聲，我父親在樓下聽到，上來問「出了什麼事啊？」就看我倒在地上。

「哦，你在練武功啊！」看了挺心疼，唉！我也叫不出來，只流眼淚，父親拉個椅子坐下等我。這是醫學了，尤其老年人、小孩子，跌倒了，他沒有哭出來不要去抱，也不要扶他，跌倒馬上去扶起來就受傷了。注意哦，你們將來做了父母，一定要知道這個常識。老年人更要注意，跌倒了，你還給他拍背，這樣一來，會死人的。這都是醫學的道理。

所以我父親當時，也不來扶我，看我動了一下，才伸一隻手把我拉起來。他說你要練武功，不是這樣的，書上學不會的。然後他把穿的長袍一解開，就比給我看，喲！原來我父親武功很高啊！他打得很好啊！但是中國的教育是易子而教，自己的兒女不自己教，交給朋友，請他教。如果不易子而教，是會有問題的啊。所以作父母不要把孩子盯得太緊，易子而教才好。

後來，父親給我找一個老師林伯伯，是當地的名醫。這個林伯伯不教人，我不曉得他武功那麼高。他穿個長袍，走出藥店是個白面書生。他不肯教人，我父親找他，沒有辦法，只好夜裏來教我。我父親還叫鄰居的孩子四五個，陪我一起練武。

棄武學醫

林伯伯說，你學這個幹什麼啊？現在你武功再高，抵不住一顆子彈。練身體可以，最好學醫。然後跟我講范仲淹的話，年輕人立志，不為良相即為良醫。這是范仲淹年輕的立志，不做一個治世的宰相，就做醫生。出將入相跟做一個名醫，功德是一樣的。所以父親說，你曉得吧，范仲淹說的，不為良相即為良醫，你讀醫書吧。

我講這個故事，是因為差不多連著幾個月，我就讀《黃帝內經》了；這跟當時年紀輕是有關係的。我看做醫生好可憐，做名醫更可憐，一天忙得沒有自己的時間，把生命都付出去給病人了。所以我一輩子看醫書，不敢做醫生；一輩子寫毛筆字，不敢做書法家。那個書法家寫的字很好，臨死的時候，家裏堆的都是給人家寫字的紙。我想寫字是自己有興趣，還給別人做玩物，給寫字做奴隸，不幹！所以不寫字。

學醫也是這樣，可是這位老師逼我很緊，叫我背藥。譬如甘草，味是甘的，甜的，一條一條寫下來。他那麼有耐心的教，寫了一幾張條子，讓我在睡的帳子頂上貼一張，起來床前面貼一張，廁所貼一張，住處貼一張，看到時就要念。當時只有這樣啊，別的辦法沒有。

這個故事回轉來就說明，讀這些東西，記住沒有用，只能做個醫匠，不算是醫生；因爲只學了技術。至於醫理呢，從這位羊癲瘋的老師，我才看到《黃帝內經》完全是講醫理。這一次跟你們討論，你們諸位都是大醫生，中西醫的大醫生，我們講的是醫理學，是生命的科學。上次講過以後，好幾個人向我提問題；所以我再做一次說明，希望大家聽了之後研究，不要離開了這個主題。

更年以後的生命

因爲講到〈上古天眞論〉生命的來源，一下子引出來讀《黃帝內經》的故事。當時我只有十幾歲，就在懷疑這個天癸的問題。幾十歲以後，不是現在哦，中間我已經感覺了；女的十四歲第一次月經來，古代說法不是完全統一的，百分之九十八準確；然後七七四十九歲月經斷了，現在醫學叫更年期，是到了年齡身體的一個變化。

這裏也產生一個問題，有一個同學已經聽偏差了，認爲女人七七四十九歲，沒有更年期的話，這個生命就不對了。不是的，人有第二重生命，第三重生命，這麼延續下去。甚至，這個就是中國的生命科學。我常說，你們西方沒有，歐洲美國全世界沒有，你們只講兩個科學——生與死。活的就是一個人，死了以後，不曉得等到哪一天，上帝開庭了，你們的靈魂再到上帝前面受審判；好的上天堂，壞的下地獄。西方的宗教就是這樣兩個，中間沒有，全世界都是這樣子。

我們中國文化哲學，也曉得生死，可是道家認爲中間有永生的；既然講永生，就同你上帝一樣，永遠活著。全世界只有中國人有這樣的文化，生命可以長生不老。你查查看，東西方文化，只有中國人講智慧，講長生不死。中國的文化太大了，否定了由上帝、閻王安排命運，完全是自己做主。

所以我們上次講，女性七七四十九歲月經斷了，生命還繼續。當然還有些人，我幾十年接觸到的朋友的太太啊，老人家啊，有六十歲還沒有斷月經的，還會生孩子的，我都碰到好幾個。你說這個醫學上怎麼解釋？這是第二重生命，當然有它的道理；但是我們現在沒有討論到這個。

再說，男人以八來計算，《黃帝內經》第一篇談論這個問題。八八六十四也好，七八五十六也好，這個時候是男人的更年期。肩膀這裏都僵硬了，現在叫作肩周炎還是什麼病，各種名稱很多；血壓高起來了或者低，有人問爲什麼有這種變化。

陰陽 易理

剛才我講了，這個是科學問題，你必須要懂得陰陽，懂得《易經》。講到《易經》更麻煩了，因爲要懂得象數之學。《易經》是三部分，理、象、數；實際上五部分，我現在只好花點時間，大概介紹一下。

「理」是哲學的，完全哲學的，這一部分很重要，《易經》講宇宙天人之間的原理，是哲學的科學。第二個是「象」，一切的現象，宇宙萬物的現象。「數」，這個裏頭包含最高的數理學，還不是一般的數學。譬如學醫，現在研究是醫理學；所謂數理學是數學哲學的科學。《易經》的理、象、數是大要，這三部分不得了啊。

所以我勸一般要跟我研究佛學或《易經》的年輕人，你們千萬不要上當！因爲這兩門學問比科學還難，千萬不要隨便學佛，鑽進去爬不出來，埋沒了一輩子。可能其味無窮，所以誤了一生，什麼都沒有了。萬一一定要學佛，學《易經》，頂好學一半就不要學了，那是其味無窮！如果學通了的話，人都不想作了，因爲天下萬事都知道了，有什麼意思啊！所以這兩門學問，告訴你們不要碰。

你能看通《易經》的理象數這三個，就很厲害了，已經包含了科學的、哲學的、宗教的，數理的，都有了。此外再加兩個字，「通」「變」。學《易經》，學問要學通，也要知道一切都在變的道理。所有的學問都歸到《易經》，都通過去了，知道宇宙萬有生命的變化，就是那五個原則。

所以《黃帝內經》講，女性二七月經來了，用天癸兩個字，男性是二八，才長成一個男人。爲什麼用這個癸字呢？這是古代天文學，把最複雜的天文濃縮成幾個字，也就是符號代表。現在看起來很迷信，因爲你不懂，所以就認爲是迷信了。其實它是科學的，最高的科學結晶，非常複雜。科學發展到頂點就變成最簡單的了。所以學《易經》還有三個意思，叫做「簡易」，學通了並不困難，非常簡單；「交易」，宇宙萬事彼此都有互相關聯，交叉的變化；最後一個是「不易」，有個本體論，不動的，以不變應萬變。「不易」是宋代的易學家加上去的，原始是「變易、交易，簡易」，很簡單。這是大概介紹一下，因爲同學幾方面有問題來，爲了二七、二八這個數理變化，因此我才介紹大家研究生命科學來源。問題在我們《黃帝內經》中講得很好，但是必須要配合印度的醫理學。所以上次跟大家提了印度醫理學的三脈七輪，這一部分非常複雜，好在跟中國的看脈路數雖不同，但是相通的。

所以，不論研究學問，打坐修行、成佛，如果三脈七輪、印度的瑜珈等，這一套學問沒有搞通的話，很容易變成精神思想錯亂。這不是宗教或迷信，而是個大科學。今天，我把上次討論的問題綜合起來說明一下，不一個一個答覆了。譬如我今天講《易經》八卦的這個圖案，又譬如上次提到這篇〈上古天眞論〉，我們從娘胎生出來，就是一個卦象的圖案，叫做乾卦（䷀）。這是中國字叫做畫卦。

卦是什麼

你注意哦，這個裏頭學問很深，畫六劃叫乾卦，這就叫畫八卦。幾十年的研究過程中，曾有人問我，甲骨文上有沒有八卦？甲骨文比較早了，我說上面有點點，那個點點，在上古點一下就代表了卦。這個圖，乾卦代表天，也代表生命的本來。剛才講理象數，所謂卦象，實際上是用圖案做代表的，一個文字都沒有。我們不講複雜了，這個乾卦，這個卦畫在這裏，就是卦象，有六爻。

爻字是什麼意思呢？爻者交也，陰陽的交叉就是這個爻。所以我們交通的交字，在叉上面加個六，就是這樣來的。這是交也。六爻呢，看做是一個卦，上面三劃叫做外卦，也叫做上卦，或外卦。下面的三劃，叫做下卦或內卦。一個卦分上下，也分陰陽。我們人，在娘胎裏構成人形，生出來在沒有定性以前，則屬於乾卦。

以《易經》來講就有意思了。這個卦，這個現象，就告訴你天地萬物一定在變；像你們做事一樣，假設做生意，資本湊攏來開個公司是乾卦，開了公司以後已經變了。開始做生意，第一爻開始動了，由陽變成陰，把這一劃中間切斷，卦象就變了。外卦還是乾，生命的本體；下卦這一動，由陽變成陰，就變成巽卦（☴）。巽是風，代表氣動了，生命的能源動了，這個卦叫做「天風姤」（䷫）卦，所以八八六十四卦是這樣來的。今天不給大家講《易經》的課，因為太麻煩太複雜了。

但是畫了這個圖案說明什麼呢？還是《黃帝內經》二七、二八這個問題；七七八八。所以我們中國人許多話都是從《易經》來的，比如說這個傢伙亂七八糟。卦變所指八卦，一件事變到第七個位置，叫遊魂卦，第八個位置叫歸魂卦，這是拿八卦來講。第七遊魂，第八變成歸魂，回到了本位。現在用的是畫六爻不畫八卦。上面兩個代表天地，不動了，只有天地以內的變化；所以只有六爻在動。這個也很奇怪，現在科學發展，譬如說，聲、光、電等等，一個規格都沒有，只有化學的圖，這是西方來的新科學啊！化學的圖表差不多到達六十四卦，其他都還沒有透徹。這句話是順便說一下的。

生命的卦變

剛才講第一變，就是說女性的生命二七天癸至，這個整體開始變了，男性在二八十六歲開始。女性到了七七四十九歲時，整個的六爻變了，由乾卦的天，完全的陽爻，變成排列相對的陰爻了，叫坤卦（䷁）。這樣講蠻吃力的，我想你們聽得也蠻吃力的，因爲我講的已經轉了好幾轉，我怕害得你們越加複雜，就不好了。

由乾卦的生命，剛才講到更年期，這個生命算是完了嗎？沒有完，後天的生命可以重生回來，所以坤卦就是後天。假使一個女性，更年期以後，雖然月經沒有了，可是生命的本能還在；如果懂得方法保養，調整，坤卦陰極陽生，下一爻又開始變了，這個卦就變爲「地雷復」（䷗）卦。我們講光復、恢復，就是從《易經》的八卦這裏來的，生命是可以重生的。

你們一定有人看道家的書，醫學的書，其中有個代表生命重生的說法，拿時辰代表的話，就是子時。中國人一天分十二個時辰，一年分十二個月，每一天每一月都有數字、有現象。十二個時辰的第一個是子時，子、丑、寅、卯、辰、巳、午、未……這個大家應該都知道吧？現在教育還有吧？如果學校書本上沒有，在家裏還有聽來的吧？

子時　子月　子年

子時是第一個時辰，一天十二個時辰，就是中國古代宇宙運行的一個規則。所以古文上常用到一句成語「二六時中」，兩個六就代表一晝夜。一個時辰等於現在的兩個鐘頭，我們現在是下午五至六點，是酉時。夜裏十一點零分開始到凌晨一點，叫做子時。

我們古代，一天的開始就是子時，我們常問人，你多少歲呀？屬老鼠還是屬狗啊？這一套，現在全世界流行了，連問外國人也是如此。我屬狗啊，我屬馬啊，無形中全世界都在推廣。爲什麼十二個時辰用動物來代表呢？又是一套科學的學問了，不是開玩笑的。所以子時是陽，在十二生肖是屬老鼠的。

宋朝有個易學大家，叫做邵康節。你們現在喜歡算命的就知道，他那是很高明的，也是道家，也學佛。邵康節有一首詩講子時，子時是陰陽分界的地方，他說子時「一陽初動處，萬物未生時」。所以你們學佛，學道打坐，修到一念不生陽氣來了，就是一陽初動處，萬物未生時。一年之中的冬至，就屬於子月，他的詩說：

冬至子之半　天心無改移
一陽初動處　萬物未生時

「冬至子之半」，拿一年來講，冬至那一天，是回轉來開始長生。我們冬至時，過去大家吃湯圓啦，過冬至農村人很重視，因為陽氣正要開始。「冬至子之半，天心無改移」，這是本體論，不動。「一陽初動處，萬物未生時」，學針灸的有個子午流注的方法，大家學醫的應該知道。子午流注就講天地之間固定的一個運動，活的子時，是把天地運行的法則用到你身體上來。所以人老了，陽氣用完了，可以使他重生起來；這是中國修長生不老補充生命的一種方法。

掌握生命的活子時

上次提到七七四十九歲，女性的更年期，大家注意，這是更「年」期哦，不是更「命」期哦，你的命還是活著的。當年齡時間轉變時，道家產生了一套修養方法，配合了佛家的；如果真正的加以實行，則不管男性女性，都可以返老還童，可以不只活一百歲，幾千歲也可能；據說是如此。這是自己重新培養起來的，不靠外力；但也有藥可用，不過這不是普通的藥物。這套理論，在《黃帝內經》裏只提了現象。

所以讀《黃帝內經》，如果沒有融會貫通，實在不願意讀下去，不曉得講些什麼。如果你懂得了以後，才曉得裏頭包含了生命的科學；學問之大難以言喻。更年期以後，如果都做到用活子時修養身心，是可以返老還童的。

照我們學佛的所講活子時，就是隨時做到無念，隨時念念在清淨圓明中時，就是一陽初動處；生命可以回復，返老還童，長生不老。這是道家的神仙提出來的壯語，非常雄壯的，也是其他各國的文化都沒有的。我這番話是解答上次聽課後，許多同學提出來的問題，只能把它濃縮下來簡單答覆。

第二堂

我們下午講到解答第一篇〈上古天眞論〉的問題，這與生命科學是連起來的，還要再加補充。這一篇先提到生命的修養問題，因爲它屬於醫藥部分，上次沒有完全講完，只提到生命的成長，男女以七、八兩個數字計算。

第一篇裏是講到人，以黃帝本身來說，他沒有死哦，歷史上講黃帝活到一百歲，騎龍而上天。這個看起來是神話，但在我們讀古史的一般看法，認爲黃帝代表了不死之神；也像這裏提到的一百歲，人是可以有百歲爲標準的壽命的。

干支五行的意義

我們這兩次課只解決了一個數字的問題，什麼女性七七四十九啊，男性爲什麼不用七而用八；以及天癸兩個字。這就是中國古代的文化，是科學的。再說天干、地支、五行，都是中國上古的科學，現代人因爲不懂而輕視了它。現在變成好像迷信的東西，因爲把精美的科學只用來算命，看風水了，所以給人看不起。

剛才提到地支十二個代號：子丑寅卯辰巳午未……我想大家都知道吧。天干十個字，五行分類也分陰陽。甲乙丙丁戊己庚辛壬癸，甲乙是木，丙丁是火，戊己是土，庚辛是金，壬癸是水。

爲什麼叫金木水火土呢？又是個代號。物理世界堅固的東西，礦物質之類的，用金做代號。木呢？生命不會斷絕，永遠發展不已，這個屬於木。大家都讀過一首白居易的古詩吧？

離離原上草　一歲一枯榮
野火燒不盡　春風吹又生

草木的生命，秋冬以後就沒有了，但是春天重新成長。這代表了生命生生不已，永遠沒有死亡，只是表面上有死亡而已，所以用木來代表。火是熱能，生命沒有溫度，沒有熱能，冷凍起來就死亡了。水當然更重要，譬如這個地球百分之七十是水，我們肉體生命也是百分之七十的水。所以，金木水火土，它只是個代號。

這就是我們上古的，也許不是幾千年或一萬年的上古，而是上一個人類史濃縮的科技精華流傳下來。這個十天干的干字，是繁體字，也是簡體字。干字是干擾的意思，不是樹幹的幹。我們這個地球外面的生命，金木水火土，包括月亮太陽，在古代天文叫七政，很重要的。太陽月亮不講了，所以這十個是五行的天干。五行是地球外面的五星，金星、木星、水星、火星、土星，我們現在曉得是物理的。萬物都在放射，我們生命也在放射，地球也在放射，彼此放射都有干擾，所以叫做天干。天文上的五星，現在都還存在，彼此都有關聯。

地支就不然了。地支十二個，子丑寅卯辰巳午未申酉戌亥。這個支不要加木字旁，是支持、支撐的意思。天干是這樣干擾，地支是自己放射的支撐，地支同太陽、月亮放射的系統有關係。所以學《黃帝內經》，學中醫，必須要搞清楚；尤其學中醫針灸的原理，更要搞清楚。剛才提到針灸子午流注的方法，要用活子時，人的身體內部的活動同宇宙、太陽這個星球的法則是一個原理；也就是說，它的動能是同一個原理。所以必須要弄清楚。

這個地支的陰陽和五行性質，又跟天干相互結合又影響。天干，外星球的放射功能影響這個地球，等於外界的一切影響我們身體一樣；我們本身的放射也影響別人，影響外面，互相都有關聯有影響。地支的金木火水土屬性，也要瞭解。你們諸位假使研究中醫生命科學的，最好記得住，能瞭解一下，尤其年輕的能背來，不要去追問理由啦，先把它背好你自然就知道了。

亥子是水，寅卯是木，巳午是火，申酉是金，那麼中間有四個呢，辰戌丑未這四個屬土，這是屬於五行。順便有趣的說，你們學了也許有用；我說也許有用，是替我們老祖宗謙虛一點（眾笑）。我認爲絕對的有用。

十二生肖

中國固有文化，我剛才也提到過，這十二個地支另一個別名，是拿動物來代表，叫十二生肖，恐怕在座的人多半會。這個肖字就是小字下面一個月。現在簡體字很滑稽，把姓蕭的也改用這個肖字。古代兒子寫信給父親，是自稱不肖子的。如果我們照一張像片，叫做肖像。這個肖字代表像不像樣的意思。所以兒子寫信給父母，自稱不肖之子，就是說比爸爸媽媽差，不像你那麼好。這是兒子的謙虛。現在，把風蕭蕭的蕭也變成這個肖，好奇怪的文化！

簡體字鬧了很多奇怪。像吃麵的麵，就用這個「面」，我們是吃麵，不是吃自己的臉，不要面就變成不要臉了（眾笑）。這個簡體字令人啼笑皆非。

十二生肖，也代表年代，每年有一個動物的代號。沒有時間細講了，這牽涉到中國古代的天文，中東阿拉伯、印度的天文也都相通的。簡單地告訴你們，這也是從陰陽來分的。子屬老鼠，屬陽的。丑屬牛，是陰的。寅是虎，卯是兔子，辰是龍，巳是蛇，午是馬，未是羊，申是猴，酉是雞，戌是狗，亥是豬。子是陽，丑是陰，接下一陽一陰，一共六陰六陽。這個同我們生命科學沒有多大關係，順便講一下。

五行中的動力

回轉來我們認識五行的道理，金木火水土，爲什麼叫五行？注意這個行字，行就是動力。宇宙萬物永遠在轉動，沒有一刻停止的，停止不動就是死亡了。所以生命永遠是活的，因爲動力的原故，這是五行。

介紹了這個以後，我們再來讀這篇〈上古天眞論〉，到現在還在這個裏頭轉，因爲裏頭問題蠻多。黃帝問，人生下來爲什麼衰老？回答就講，人生下來，以女性講起就很清楚，十三、四歲第一次月經來，七七四十九歲月經停了。然後講後面還有沒有生命呢？有啊，它本體生命不是四十幾五十幾就停掉的，生命還是延續，變換一個形態而已。

黃帝又問，過去的人，基本上是活一百歲。我們現在講基本沒有問題，其實基本都有問題的啊。又問七八十歲的人會不會生孩子呢？他說會啊，但是生出來的孩子壽命不會超過七八十歲。這個問題放在這裏，因爲現在科學研究認爲不一定。不一定的道理並不是說我們上古這個文化不科學，而是說那不是通例，是偶然有的。古人講的更有意思，更迷信了，說八九十的男人和五六十的女人，兩個生的孩子，站在太陽下是沒有影子的。古人像這一類的故事很多。

爲什麼人到了幾十歲，頭髮白了，牙齒掉了？尤其你們諸位眼睛容易近視。本篇首先說到生命來源，諸位都看過原文了吧？本篇有「腎氣衰竭」，我們身體上有兩個腰子叫做腎，屬於腎氣這一部分。由於腎氣衰竭，所以生命能力不強了，頭髮白了，牙齒掉了，人也老了，這是本篇裏頭所講的。這就顯現出大問題了。

我們讀了古書，再看到今天科學的發展，有智慧的中國人，應該更對古書深刻瞭解，可是我們反而認爲自己的文化過時了。我們都是黃帝的子孫，太對不起祖宗，太笨了，書也沒有讀通，這是値得省思研究的。我這幾句話，對不起，沒有在罵人，只有四個字，「語重心長」。話講得很嚴重，意思是提高我們自己民族的智慧與學養。要多注意，今古都要通，所以做學問只有四個字，不管你學醫啊，學科技，就是要「博古通今」。知道古代，也知道現代，更知道將來，這才叫做學問。

腎與腦的關連

現在我們提出腎的問題，如果普通學醫的讀了這一篇，就想到心、肝、脾、肺、腎，那完全沒有對。譬如說中國有些藥說補腎，其實補腎就是補腦，腎跟腦連在一起。讀醫學要特別注意，如果認爲只是補腎，那是個大笑話。現在很明顯啦，一個人腎壞了，洗腎或者換一個腎也可以。像香港一位朋友，是女的，名字一下記不起來了；女兒腎有毛病，她把自己的一個腎給女兒。我說你眞偉大，假使我兒子缺一個腎，叫我給他，我說我還做不到。

所以讀到這個腎，如果認爲是腰子問題，那樣讀中國醫學的書，尤其讀《黃帝內經》，那眞是，我用上海話講，「吡弗要吡啦」。沒有用，影子都沒有，書完全讀錯啦。所以剛才我提出來，中國藥補腎的，也就是補腦的。

內經講腎氣，這部分最重要，叫荷爾蒙，中文翻譯叫內分泌。內分泌很多種，腦下垂體的內分泌、淋巴腺的內分泌、胸腺的內分泌，肚子上面還有青春腺的內分泌，再下來，腎上腺的內分泌，一直到男女生殖器官的這個路線。西醫講內分泌非常重要，這是一個系統。這個內分泌的東西在中醫書上，就與三焦有關。我的話只給你們做貢獻的啊，我又不是醫生，你聽錯害了人，我可是不負責任。（眾笑）

三焦對於人非常重要，是氣和水升降運行的通道。生命最重要的來源，第一個是腎；不是腰子，可是也是腰子，包括生命來源的最初的重要位置。後來的《難經》，又把它分爲左爲腎，右爲命門。所以我們中醫把脈，左手是心、肝、腎，右手是肺、脾、命門等，究竟怎麼來的，都值得研究了。

黃帝問到生命的來源，人可以長生不老，起碼活一百歲，爲什麼會衰老？爲什麼死亡？第一個問題在這一篇做了答覆，文章很簡單。所以我們不做深入研究，馬虎的過去。據我所接觸到年輕的大夫，醫生古代稱大夫。大夫是皇帝前面的醫官，我們年輕的時候看到醫生，不管中醫西醫，都尊稱大夫，現在人都叫醫生，醫師。換一句話說，工程師、醫師、律師、會計師，這個職業的稱呼就不那麼恭敬了。還有一些在外面不掛牌的醫生，背個包包，到處賣藥，我們叫他走方郎中。郎中也是官名，比大夫次一點的職位，也是尊稱。這是順便介紹一些醫學有關的知識。

什麼是腎氣

再說爲什麼腎氣那麼重要?回轉來就講與五行有關了,就是剛才我開始講的。那麼,這些接連下去都了解了,就是病也可以自己治了;後來又演變成道家神仙之學。神仙之學認爲我們的生命裏有個藥,不用去外頭買的,都是自己有的,只是你不曉得用。就是本身具備的上藥三品,精、氣、神。如果自己懂得,則壽命、健康自己就可以把握。世界上有形的藥都不行,要想求得長生不老,只有這「上藥三品,神與氣精」。

我引用這個是說明所謂腎氣,就是精氣;一般認爲精就是男女性行爲所排泄的那個精,那只是精的一部份,而不是全體。古書道家醫學上所講的精,就是我們全身的細胞,這也就是腎氣。

爲什麼那麼講呢?因爲上古認爲,人的生命跟天地宇宙是一體的,所以,道家講人的身體就是個小天地,小宇宙。我們小的時候讀這些相關的醫學書時，比喻說喉管到食管到大小腸，等於我們中國的黃河；膀胱，輸尿管小便這個系統等於中國的長江。我們的頭等於中國地理的西北，兩支腳到廣東、福建，這就說明我們的身體是個小宇宙，整個的宇宙像是人的一個身體。

這個問題也很大，研究生命科學，這個話不是白講的，很多學問都跟它有關聯。年輕人要做學問的，今後要在新的途徑發展，要中西匯合，把科學宇宙文化連接起來。不然就是鬧笑話的，中國文化變成不是東西了。

關於腎氣，我們觀念裏大概有了一個答案了，現在再回到中國文化五行的天體論，有關宇宙的生成。這個宇宙究竟是怎麼開始的？過去希臘哲學家、科學家，印度的哲學家、科學家，乃至中國的都爭論過。認爲這個宇宙開初時是水的，希臘有一派，認爲是唯物的水，當然希臘有些哲學家認爲不對。印度有一派也認爲是水，水火同源來的。這是上古關於生命天體的研究理論。

印度的發展同我們的五行一樣，認爲是地、水、火、風、空同時來的。這是說物理世界，沒有講精神世界；因爲思想精神，是另一個道理了。中國認爲形成物質世界的第一個也是水，這就叫做陰陽五行了，又是個很大的問題。

學這些最好會背，可是，我們小時候讀這些書不想背，因爲太沒有理由了。尤其像我這個人喜歡文學的，叫我背那些不合文學的話很痛苦。比方說中國講陰陽五行，天一生水，地六成之，都是數字哦。地二生火，天七成之；天三生木，地八成之；地四生金，天九成之。

那配合上呢？畫一個圓圈或者一個方格來配，古人叫配，就是把這個公式用另外一個公式來套上去，套這個十二地支。一、六是亥子，屬水，三、八寅卯木，就是剛才念過的那麼來配，二、七巳午火……就是這麼都要記得配合上。

配合說明什麼呢？亥子是一、六水，爲什麼叫天一生水呢？現在只用來算命看風水了，大家偶然用它。不過一般人不深入，就可以馬馬虎虎不重視，那是不對的。

宇宙生命起源──水

這個宇宙太空裏本來空的，沒有這個地球；地球生命的形成是一股動能動起來，這股動能的力量，在印度叫做風，中國叫做氣。其實風和氣中國兩方面都用。風和氣不要聽錯了，以爲眞的有個風，有個氣；其實就是能量。虛空中這個生命的能，忽然一動，形成地球物理的第一個是水。這個水在我們人體方面屬於腎。《黃帝內經》中的天癸屬於癸水，就是有關生命的來源。

剛才我所引用亂七八糟一堆，再合攏在一起，你就明白上古陰陽家，天文家，講五行的，講干支的，配上陰陽，到身體裏頭都是同一個原理。所以本篇裏講天癸，講腎氣，就是從這個道理來的。

所以生命的來源要想補回去，就要修了。道家的神仙之學一定懂得醫理，不過這種書你們沒有看。漢朝第一個寫神仙傳記的，名叫劉向，是有名的史學家、文學家。其實司馬遷在《史記》上就承認有神仙。不過，司馬遷提到神仙，幾句話就把它排開了，因爲很難討論。《史記》上寫到這些古代的神仙，就是〈列仙之儔〉，「其形清癯」，每個都很瘦。不曉得司馬遷看過這個神仙沒有。而中國人畫的八仙，只有漢鍾離是個大肚子，胖子。

司馬遷寫了〈列仙之儔〉，後來劉向寫了《列仙傳》，是中國道家神仙的全部記史，可靠不可靠，不知道。如果你讀了那些書啊，會讀得神經病了。不過，我雖然讀了很多，好在我有沒有神經病現在還沒有檢查到。不過我是相信這些古書的，若有假的話，大概三七開吧；有三成說得太過分了，七成關於生命哲學是眞的。所以關於天癸的問題，因爲上次講課以後，有人提問題，到現在才解答。

關於這個天癸，我現在大膽的假設，這屬於內分泌的問題，內分泌同三焦，都是很重要的。所以學神仙的講，女性要想用功修道，達到返老還童長生不老，必須要在四十九歲更年期以前修成。修成功之後，那比父母生的形象更漂亮。所以古人講修神仙，要趕快下手速修，就怕太遲了。

男性呢？超過五六十歲再來打坐修道，想維持生命健康長壽，怕太遲了。說怕太遲也不太遲，萬一過了年紀界限來修，不必怕太遲，只要加兩倍的功夫，一樣可以做到，就看你決心如何了。

這個是中國文化裏關於生命的一種科學理論，千萬不要罵它是僞科學啊！至少你聽聽也好嘛。

第三堂

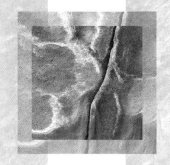

黃帝問道廣成子

下午講到神仙生命之學，臨時想起來這個與生命科學有關的，現在插進來一段，也是黃帝的故事。歷史上講到黃帝沒有死，騎龍上天了。在《莊子》外篇裏，有一篇是〈在宥〉；宥就是解放了。譬如寫信給得罪了的朋友，最後說「吾兄見宥」，希望你原諒。所以這個宥字，佛學叫做解脫，解脫就成佛了。我們現在的文化有些字也來自佛學，叫解放了，從牢裏頭放出來，升天了。

關於黃帝問這個生命的道理，〈在宥〉中說：黃帝立爲天子十九年，對不起，青年同學，只好幫你們斷句了；我們過去讀書是沒有圈點的，自己句子圈不下去，就不要讀了，要自己動腦筋才行。現在給你標點，還加讀音，搞得大家都不用腦筋了，所以也沒有思想了。

「黃帝立爲天子十九年，令行天下」，就是說政治很成功，命令下來，整個天下統一。

「聞廣成子在於空同之上，故往見之」，古人原文用空同這兩個字，現在就是甘肅崆峒山，聽說那裏有位老師神仙叫廣成子，所以黃帝就去拜見他。

你們年輕的不知道有沒有聽過廣成子，我們年輕時對他很熟，因爲看過小說《封神榜》。廣成子手裏有顆翻天印，他那個印章一拋出去，天地都翻覆了，本事神通廣大。其實黃帝眞正的老師很多，也有好幾個女的。他修成功一百歲升天的是受師父廣成子的指導，這是《列仙傳》裏頭的人。換句話說，你看到名字，等於看佛經裏這個菩薩，那個菩薩；看到名字已經想到內容了。

什麼叫廣成子？就是無所不通。他的學問，一切都大成就，所以叫廣成子。修道的人，自己什麼姓李姓王的，都不要了，只用外號、代號，稱爲廣成。換句話說，廣成子代表中國文化最有成就的人，一切無所不通。黃帝聽到廣成子在空同山上，「故往見之」，黃帝去看他了，說：

「我聞吾子達於至道，敢問至道之精。吾欲取天下之精，以佐五穀，以養民人。吾又欲官陰陽以遂群生，爲之奈何？廣成子曰：而所欲問者，物之質也；而所欲官者，物之殘也。自而治天下，雲氣不待族而雨，草木不待黃而落，日月之光益以荒矣，而佞人之心翦翦者，又奚足以語至道！」

這一段，黃帝去訪廣成子，剛才幫忙大家讀古文，下個標點。他說，我聽說政治哲學最高的道理，統治天下，「敢問至道之精」。我們年輕的時候，看到老師，看到長官問問題，就說敢問。譬如我見到呂松濤呂老闆，好像說不敢問，實際上就是敢問，是謙虛的話。

他說，我的目的，想「取天地之精華」；這是科學的哦。要利用科技「以佐五穀」，包括農業的發展，「以養民人」，爲了老百姓。「吾又欲官陰陽以遂群生」，也就是以天文，太空，物理，幫忙地球的生命，這是我來看你的兩個目的。「爲之奈何」，應該怎麼做法，故來請教。

黃帝與廣成子對話

廣成子一聽，「而所欲問者，物之質也」，你想問的，是物質方面世俗的事情。「而所欲官者，物之殘也」，你想管理這一切，是政治方面的，屬於生命之殘餘，有什麼了不起呢！

「自而治天下，雲氣不待族而雨」，他說你這樣搞，是希望沒有雲就下雨，「草木不待黃而落」，樹葉子沒有黃就掉下來。「日月之光，益以荒矣」，你這樣搞下來，把國家天下用政治的辦法去管理，連資源，太陽月亮都會給你弄壞的。「而佞人之心翦翦者，又奚足以語至道！」佞人是不好的人，心理都不正常。對於這些人，怎麼能說這些入世的大道理呢。

黃帝碰到這個老師，被罵了一頓，雖然沒有講：你出去，滾蛋吧！但是罵得很兇。

「黃帝退，捐天下，築特室，席白茅，間居三月，復往邀之。」黃帝被批評了一頓回來，「捐天下」，不做皇帝，政治不管了。捐，就是放棄。「築特室」，蓋了一個特別的房子，上面都是搭茅草啦，自己閉關三個月，把心裏這些思想，反省清理一下，再去看廣成子。

「廣成子南首而臥」，廣成子頭向南邊，腳向北邊在睡覺。因爲南斗七星管生的，北斗七星管死的，所以他頭向南邊，腳向北邊。黃帝不敢叫他，非常恭敬的態度。

「黃帝順下風膝行而進，再拜稽首。」這就談到古代的教育，師道的尊嚴，不像現在的學校，碰到老師，說我問你！手指頭還那麼一指，好沒有禮貌！現在的同學們經常有這種事，我們只好說，不敢吧，那是挖苦他的；不過，同學們聽不懂。「黃帝順下風」，從他睡的地方後面，跪著用膝蓋一步一步走過去，「膝行而進」，把頭低下來叩頭。

「而問曰：聞吾子達於至道，敢問治身奈何而可以長久？」上次挨了批判，被罵了，這次問的不同。古代稱「子」，是個尊稱，所謂孔子、老子等，他說我聽說老師你，是已經得道成功了的，我現在不問天下，不管政治的事，今天來問的是，「治身奈何而可以長久」，這個肉體生命，怎麼可以活得長久？

廣成子蹶然而起，曰：「善哉問乎！」佛經上的善哉，是學這裏的中國古書啦。廣成子聽了，本來睡在床上，一下子很高興坐起來。「善哉」，好啊！你問得好！他說那我就答覆你。

「來，吾語女至道」，來，我告訴你，這個女字是汝字，古文汝字不要三點水。你不要看成廣成子跟黃帝談女人，那就錯了。

神仙境界的人

「至道之精，窈窈冥冥；至道之極，昏昏默默。」廣成子講出一個修道的境界，什麼佛家啊、道家啊、打坐啊，用各種方法，基本上工夫要達到一個境界，就是說思想不亂了，若有若無。「窈窈冥冥」，很難形容，眼睛、耳朵等六根，身體，都不用了。不是關閉哦，是自然清靜。「至道之極，昏昏默默」，不是昏頭昏腦，什麼都不想，好像睡覺……我隨便講的啊，我沒有得道，只講中文。昏昏默默，等於現在人學打坐要到這個程度。這是第一句話，講了一個現象，最初證入的現象。

「無視無聽，抱神以靜，形將自正。」什麼方法都不用，眼睛不看外面，也沒反過來看內部，內視，耳朵也不要管聲音，只守一個神，你的靈魂。可是神是什麼呢？是有關於腦的，要清靜。「抱神以靜」就是守神，不管氣，不管身體。「形將自正」，你的形體慢慢健康起來。不是說身體變端正了，換了一個身體，我們現在講是氣質整個的變化。

「必靜必清，無勞女形，無搖女精，乃可以長生。」重點就是說，你隨時做到自己清靜，很寧靜，不被外物環境所擾亂。心一定要很清靜，沒有思想，沒有思慮，不要做過分的勞動。重點「無搖女精」，這個精，不是指男女關係的精，是整個生命的形體。有些注解，也是別本道書上引用的，不在

《莊子》這一篇，有很重要的一句話，「情動乎中，必搖其精」，情緒一動，你的精已經搖動了。就像泡好的牛奶就混濁了。「無勞女形，無搖女精，乃可以長生」，這樣壽命可以活得長久。

「目無所見，耳無所聞，心無所知，女神將守形。」眼睛不看外面，耳朵不聞外面的聲音，心裏頭無知，就是說，一切的思想要寧靜下來。這個時候，你的靈魂——神，守住你的形體。我們平常一天忙碌，那個靈魂的神啊，都散在外面，都在放射。這個時候，你的神收回來，這樣修行，生命的氣質變化了，可以長生。

「愼女內，閉女外，多知爲敗。」「愼女內」，內在的思想清靜。「閉女外」，對外物儘量地不要給它騙走，轉動了。「多知爲敗」，思想越多，知識越多，煩惱痛苦越大，都把生命消耗了。他說如果你照這樣做，「我爲女遂於大明之上矣」，你就會超過太陽日月以外，超越天體物質的。

「至彼至陽之原也。」到達完全純陽之體，沒有陰了。所以我們中國唐朝有名的神仙，叫呂純陽，就是至陽之原的意思。

「爲女入於窈冥之門矣，至彼至陰之原也。」有時侯我們普通人講學佛的入定，什麼都不知道，都在窈窈冥冥，空空洞洞，至陰的境界。

「天地有官，陰陽有藏。愼守女身，物將自壯。」「天地有官」，他說天地只有一個法則在管理這個宇宙的陰陽，只有一個物理法則在動。「陰陽有藏」，代表了明暗、陰陽，看得見、看不見的兩面，都有規範的。「愼守女身，物將自壯」，保護你的身體及身體內在，生命則會永遠保持自壯青春。

「我守其一，以處其和」，按我的道告訴你就是這樣，空空洞洞這樣修道，就在這些地方。

「故我脩身千二百歲矣，吾形未常衰。」黃帝見他的時候，他已經一千兩百歲了，他說我並沒有衰老，就是這樣活了一千兩百歲的。這是歷史《神仙傳》所講的廣成子。

黄帝的領悟

「黃帝再拜稽首曰」，又磕頭，「廣成子之謂天矣！」

這一段引用，是補充下午所講的《黃帝內經》，什麼活百歲，甚至於更長命的重點，這個就是腎氣的問題；說明了腎氣的作用就是這樣。

《上古天眞論》那麼長的原文，不曉得諸位自己有沒有看過、研究過，有朋友可以答覆我這句話嗎？有問題沒有？這篇所講的，再引用廣成子所講的話引伸。再看《內經》卷一第四頁最後一行：

「黃帝曰：余聞上古有真人者，提挈天地，把握陰陽，呼吸精氣，獨立守神，肌肉若一。故能壽敝天地，无有終時，此其道生。中古之時，有至人者，淳德全道，和於陰陽，調於四時，去世離俗，積精全神，游行天地之間，視聽八遠之外，此蓋益其壽命而強者也，亦歸於真人。」

這是黃帝提出的有關生命的問題。他說，我聽說上古的時候，那些有修養的人，中國稱他們爲眞人，也就是神仙得道的人。以這個名稱看來，我們沒有得道的都是假人。他說古代的神仙眞人，本領大的，「提挈天地」，把整個的天地把握在手裏。「把握陰陽，呼吸精氣」，呼吸天地整個的精氣。「獨立守神」，他念頭永遠是專一的，思想專一，超然而獨立。

守神，把握自己生命最初的功能——神。我們普通說的靈魂是不足以代表神的。靈魂是神的陰暗面，看不見的，是反面的代表；神是眞正代表生命陽明之氣的。「肌肉若一」，所以它不會衰老。因此，他說古人做這個工夫，這個修養，「壽敝天地」，這個敝字，等於比較的比，意思是壽命可比天地。「无有終時」，沒有終止。換句話說，天地毀壞了，他的生命才結束。天地是不會壞的，所以他永遠常存。「此其道生」，因此道家叫這個是道，是宇宙的功能。

最少活百歲的方法

「中古之時」，這個不是現代歷史學的中古了。黃帝距離我們四千多年，他講的上古、中古，距離我們已有很多萬年。「中古之時，有至人者」，比眞人次一等的，「淳德全道」，道德非常高明。「和於陰陽，調於四時」，他的行爲一切，跟天地陰陽，春夏秋冬配合的。這個問題很大。孔子在《易經》上也講到這個事，天地陰陽配合調於四時。「去世離俗」，出家人離開世俗。「積精全神」，專門去修持。「游行天地之間」，修成功了以後有神通，隨便在整個太空裏頭活動，不要買飛機票，不要坐太空船。「視聽八遠之外」，沒有空間、時間的限制。他有天眼通天耳通，可以看到聽到一切，這種人叫至人。「此蓋益其壽命而強者也」，這是由修道練身體來的，「亦歸於眞人」，也算是眞人。

「其次有聖人者，處天地之和，從八風之理，適嗜欲於世俗之間，无恚嗔之心，行不欲離於世被服章，舉不欲觀於俗，外不勞形於事，內无思想之患，以恬愉為務，以自得為功，形體不敝，精神不散，亦可以百數。」

這是黃帝提出來的問題。其次，就是儒家所講的聖人，「處天地之和」，不修道，不做工夫，生活於自然之間。「從八風之理」，不過注意冷暖氣候的調整，注意衛生及個人身體的環境保養。「適嗜欲於世俗之間」，一樣的喝酒吃飯吃肉，還有嗜好。換句話說，一樣的抽煙喝酒吧！（眾笑）但是有個條件，心理上沒有仇恨人，沒有發脾氣，沒有惱怒，絕對沒有嗔恨的心理；在佛學裏講就是有慈悲心，有愛人的心。「行不欲離於世被服章」，所以呢，也不出家，同普通人一樣穿衣吃飯。「舉不欲觀於俗」，但是他的行爲略有不同，不像普通社會一般人，拚命去賺錢，拚命去做官，他都避開了。「外不勞形於事」，儘量做到生活恬淡、清靜。「內无思想之患」，不但沒有仇恨怨尤的心理，他的思想是非常寧靜專一的。「以恬愉爲務」，每天都是快樂的、人生是樂觀的。

樂觀恬淡人生

講到樂觀的人生，那是非常重要的。我也常常講，不曉得怎麼搞的，我們黃種人有個特點，尤其中國人，都有一種討債面孔的樣子，態度也都很難看。我在美國的時候，有一個美國的朋友問我，南老師，你們中國人會不會笑啊？他問這個話的意思我懂了。我說對不起，中國人當然會笑！我們中國人看起來，好像是一種仇恨的面孔，原因是我們的教育跟你們不同。在美國，路上看到人都「哈囉」，說句你好啊，不管認識不認識，臉上肌肉拉一拉（眾笑），這個是美國的教育。

我說我們中國的教育不同，小孩子路上看到人，如果喊一聲喂！爸爸說：「死相，人都不認識，叫個什麼！」（眾大笑）我就告訴他，我們中國黃種人是這樣教育出來的。的確如此，我們中國人見人都沒有笑容，沒有

「恬愉」之顏，不是樂觀的表情。尤其是在銀行裏，現在銀行好一些，過去銀行櫃檯的小姐，郵局賣郵票的小姐，你給她錢，她那個臉拉下來不曉得多長，很討厭。

這裏提到恬愉，學佛有四個字，叫慈、悲、喜、捨。這個喜很難，但是人只要一笑，整個臉上肌肉拉開，腦神經馬上鬆了。所以學笑很有道理，大家都需要。「以自得爲功」，自由自在的生活。「形體不敝，精神不散，亦可以百數」。有這樣的修養，身體不會衰老，精神不會散失，病不醫也自然好了。也不要怕睡不著，睡不著也不管了，一切恬愉樂觀就好了。這樣呢，他說也可以活一百歲。

《黃帝內經》這一整篇，都在講人生的修養，哲學的修養，這一段是最高的人生哲學。所以說，人生的價值觀，人生的修養，都在這個醫學裏頭。我們普通把它當醫學看，其實一切都通通包含在內了。

「其次有賢人者，法則天地，象似日月，辯列星辰，逆從陰陽，分別四時，將從上古，合同於道，亦可使益壽而有極時。」

再其次呢，比聖人次一等的賢人，也是有道德有修養的人。「法則天地」，他效法天地，不像我們一樣亂來的，夜裏當白天，白天當夜裏。我們過去在鄉下，沒有電燈，天黑了就睡覺，天亮就起來，就是法則天地。「象似日月」，他的生活跟著太陽月亮，晝夜分明。「辯列星辰，逆從陰陽，分別四時」，他知道天文上的二十四個氣節，春夏秋冬，應該怎麼穿，怎麼吃，都搞得清楚，安排得好。「將從上古，合同於道」，合於上古人，合於自然之道，合於修道的眞人。「亦可使益壽而有極時」，有這樣修養的人，壽命活得長，自己把握壽命可以到極致的年齡。

我們今天到這裏爲止，結束了上次開始的〈上古天眞論〉，這個天眞不是哲學的本體論，也不是什麼物理的生命能源論，而是合於自然法則的生命的規範。所以我說《黃帝內經》不是醫術，是醫理學，由第一篇生命的科學這樣開始的。下一次我們會挑選來講，我提出了很多資料，準備抽出來跟大家研究，因爲要詳細講這本書的話，一年也講不完。所以大家慢慢要自己去研究才好。我不是醫生，有許多醫學上不懂得，你們不要聽了我的話上當啊。

第二講

五月四日

第一堂

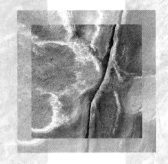

關於《黃帝內經》的研究，我再一次聲明我不是醫生，也不懂醫，但是我喜歡研究生命科學。要研究《黃帝內經》這個大科學，我們中國也有幾位科技方面的專家教授，爲了科學研究，爲了中國文化，也在研究中醫方面的東西，很有心得。昨天科技大學的朱校長，還有很好的意見給我，提到現在西方關於腦的科技研究，在醫學方面的發展，都跟心理，跟中國文化有相關的結合，這類資料有很多。這是一件事，在我們上課以前先加以說明。

莊子也談醫

我們這兩天也在講《莊子》，實際上就是醫學的課。中醫出在傳統文化的道家，同《易經》《老子》《莊子》有密切的關聯。這幾天講的《莊子》，裏頭許多都是醫學，等一下再報告這方面的理由。換一句話說，《莊子》是醫心的，不管西醫中醫，都只是醫身體的。心是個什麼東西？思想情緒這個心很難醫。

第一堂

我在美國的時候，碰到一個日本人畫的中國畫，非常好。畫的是中國大醫師唐朝的孫思邈；他是神醫，學佛學道，我們後世的《神仙傳》上說他是神仙。你們學醫都知道他的故事。最近國內出了一本書，叫《藥王孫思邈》，寫的是小說，但小說裏頭有眞東西，不要輕易看不起了。像我碰到這樣的書，也很仔細地看，對的就是對，不對就是不對。

所以我得到孫思邈這幅畫，很有感想，就寫了一副對聯：上聯是「有藥能醫龍虎病」，龍王生病了向他求醫；老虎生病也向他求醫。這是歷史上醫案裏的故事，現在人聽了不會相信，信不信反正是古人說的，但我是相信的。所以我第一句話是恭維他，「有藥能醫龍虎病」。下聯「無方可治眾生癡」，世界上哪個醫生可以把笨蛋的頭腦醫得聰明起來？

所以我說老莊講的內容，就是醫藥。所有思想病、政治病、經濟病，各種病，在《莊子》裏頭提的非常多了，只看大家如何去研究。釋迦牟尼佛的佛法，老莊以及《易經》都是治心的藥，也是治心的方法。一般醫生能夠治身體的病，卻不能治心。

譬如佛學裏頭講，我們這個世界，叫「娑婆世界」。大概年輕同學喜歡研究佛學的都知道，娑婆兩個字不唸沙婆啊，唸「梭婆」。在梵文翻譯過來就是堪忍兩個字。中文古代的翻譯，是能夠忍受的意思。這是講什麼呢？是說我們活在這個世界上，一切都在痛苦中；但是眾生不知道，都習慣的把痛苦當成快樂。釋迦牟尼佛讚歎世界上的人類眾生，忍受痛苦的功力很強，所以叫堪忍。

但是一般佛經不喜歡用這兩個字，認爲意義不能概括梵文的娑婆痛苦世界。有位科學家昨天跟我提到他所領悟的，譬如佛家講的六道輪迴（天、人、阿修羅、地獄、餓鬼、畜生），他認爲一切都在人間，憑我們身心的感受，就可以瞭解六道輪迴。這是非常準確的觀念，也就是禪宗大師的觀念，他一下就悟出來了。

醫心病最難

其實我們身體上每天的感覺也在六道中。發高燒的時候，那眞是火熱的地獄，發冷的時候就是冰凍地獄的日子。我在臺灣時，曾介紹一個病人去一個最大的精神病院，因爲這個主治醫師是我的好朋友。他說對不起，我要把病人關起來，坐牢一樣兩個手銬起來。我跟主治醫師站在那裡，兩三百個精神病人，有些看到我笑，有些罵，有些跟我打招呼，各種各樣。我說此時此地，不曉得誰是正常誰是病人。

這個主治醫師說：「完全對。他們有些講的話非常有道理，好像我們沒有道理，把他鎖起來、關起來都不對。」我說：「老兄，我看你也差不多了。」那個主治醫師，從美國留學回來，是精神病權威。他說：「南老師，一點也沒有錯，假使我有這一天，你要救救我。」我說：「我都自救不了啊，哪裏能救你！」

他說在美國留學的時候，分到學精神科，同學們在下面一邊聽課一邊笑。我們這些外國同學，就問：「他講得都很對啊，我們要看現象，哪一個是病人啊？」美國同學說：「在臺上講話的那個就是。」（眾笑）可是這句話講過了，我這個朋友主治醫師不到五六年，自己真進了精神病院。

所以我告訴大家，眞的能治心病的是佛家、道家、老莊；這是中國文化最高的。我們這兩天講《莊子》，其實是醫學，醫心病的；尤其學作人做事，可以說比孔子的《論語》還嚴重，希望諸位好好去研究。尤其《莊子》裏頭多處提到醫藥方面。道家的思想認爲，要眞救這個有形的生命，只有三種藥，我再提一下，「上藥三品，神與氣精」。這是唯物的哦！精氣神三樣都是唯物的；但是它的根本是唯心的，這個裏頭問題都很大。

人老有藥醫

所以道家認爲，人老是有藥可醫的。道家有個太極拳的祖師，那個神仙張三丰，他有名的一篇〈無根樹〉，我已經提過了，再提一下。人的生命是沒有根的，不像植物還有一個根，人沒有根，浮的，所以叫無根樹。中間有很多好的名句，「人老原來有藥醫」，老病有藥醫，這個藥不是外藥，道家叫做內丹、天元丹，也就是精氣神。這個「上藥三品，神與氣精」，不是普通的草木。這是講內經順便談談，因爲很耽誤時間。

我還記得有一個神仙醫學書上說，「三英八石法空空」，三英八石不解釋了，都是礦物質的藥。像黃金、水銀、硫磺、砒霜，這些都是毒藥，道家煉丹吃的毒藥很多。像我本身，差不多這幾種毒藥我都親自試驗過，砒霜我吃過，黃金吃過，硫磺吃過，那是很可怕的，準備吃死了就死了。不過我也很滑頭的，每一次吃毒藥的時候，把解藥先擺在旁邊，萬一中毒了我就吃解藥。所以要研究清楚。

三英八石，黃金這些東西，反正是石頭，中藥裏頭普通像雲母啊，石膏啊，這些都用了。「乞活何須草木中」，我們要想活，何必靠吃草藥呢？西藥礦物質很多，中國藥草木的很多。「我自煉心還煉骨，心頭熱血比丹紅」，最難治自己的心，思想。這個思想、心的東西，都在老莊的書中。《莊子》裏頭好多篇講生命科學的問題，講修養，講學道。可以說，中國的禪宗、密宗都沒有超越過它。第七卷的〈達生〉這一篇，更重要，是眞正瞭解生命重要的關鍵，你們諸位將來有空慢慢看，最好配合《黃帝內經》去研究。

這位教授昨天提供給我的，現在腦科、腦神經的研究越來越發達。以前研究中醫，中醫講腦的中樞神經十二對，向外發展，等於衛星的電腦，要配合二十四氣節。腦的中樞神經與氣脈有關。氣脈的變化與氣候很有關係，現在曉得，一個靜坐有修養的人，或者修道打坐的，他腦神經起的變化，是可以測驗出來的。不過現在科學研究只是做了一個證明，還沒有徹底瞭解生命的本源，這一點大家要注意。

我當年在四川有一個學中醫的朋友，非常有趣，我們經常笑他，但是也很佩服他；因爲打坐做工夫的一碰到他，就抓你的手，摸一下，他說你今天沒有打坐！你今天什麼時間坐了一次，他都摸得出來。他很有一套，所以同學們都逃避他。

我帶來的這一本《西藥藥品手冊》，我也放在這裏，都是全世界的西藥，每年出一本。大陸有沒有我不知道，臺灣有，我每年都有一本。因爲我西醫的朋友很多，出來了就給我寄來，都很寶貴的。我就想到我們呂松濤「綠谷」，有沒有編一本中藥的藥品手冊。中國藥的進化是學外國人，我這本只是帶來給你們看。尤其現在學中醫，也要注意西醫，不過不要中醫的本行沒有搞好，又走西醫的路線，兩邊都不成了，這一點要特別注意。

醫是醫　藥是藥

現在回轉來對生命科學《黃帝內經》的研究。最近我聽說這本書在學校裏是選讀的，我非常反對。中國過去讀醫書的，對於《內經》《難經》《傷寒論》等等，非要熟讀不可。這個讀完了以後，再讀那些開方子啊，怎麼治病啊之類的。我們現在是講醫的理，內經裏頭不談方子，藥是歸藥。我們鄉下人很好的名醫只讀兩本書，那個眞是赤腳大夫；一本是《藥性賦》，一本是《雷公炮製》。你不要看不起它，我從小看到很多都是懂一點這個，再把成方一背，他就會看病了。我們現在《黃帝內經》是講醫理，醫是醫，藥是藥，兩個系統。內經上，黃帝問的是病理；而雷公是神農時代的人，那是研究藥的，所以醫藥是兩條路線。

至於診斷又是另外一回事。《難經》是關係診斷方面的，也是最難讀的，必須要懂《易經》了，而診斷的方法更不同。這些都是我臨時想到的。我不是醫生，也不懂醫藥，我自己活到現在，有病時，小病自己吃吃藥，大病都是大醫師救我的。所以聽我的話不要聽錯了，我只教大家怎麼讀懂這個書，像研究國文一樣。

我們只講完了《黃帝內經》的〈上古天眞論〉，就是講修道，以及生命來源，但還沒有詳細講。現在有人寫一個傳眞問我，關於上次講腎跟腦有關聯。天一生水是腎，所以補腎的藥大部分是補腦的，他聽錯了，就問腎跟腦怎麼樣？一個大問題，寫了幾條問我。我一看，我的媽呵，叫媽都不夠，我的外婆呀，要答覆他的問題，那是長篇大論。問問題很簡單，他話沒有聽清楚，中國醫學補腎同補腦有關係，但腎不是腦。你讀完了《黃帝內經》，不必問我就有答案了。

神是什麼

第一篇〈上古天眞論〉剛剛講完了，是生命的根源，講肉體生命的；第二篇是〈四氣調神大論〉，先注意題目。注意精氣神這個神。神是一個什麼東西？這就要研究了，這是跟腦有關係的，但神不是腦。

也有人講學佛學密宗的，「精」在兩個腰子到前面這一部分；「氣」是胸口到喉嚨這一部分；「神」在腦，這個對精氣神的講法，同現在西醫研究腦的科學有些相像。但是精氣神是不是這樣？我認爲有問題。如果是假定精氣神的分類，可以；但並不完全。

我現在要講的「四氣調神」這個神，如果你要寫博士論文，一切關於中西醫與精神有關的神，如西醫神經科，精神病、心理病，這些都是與神有關聯的。這個神到底是什麼東西？確實是個嚴重的問題。這是一個問號啊。所謂「四氣調神」裏頭就涉及一年四季了。我們看一下原文：

春天該如何

「春三月此謂發陳」，第一句話不是說春天的三月哦，尤其不是陽曆，是講陰曆。這是指春天的三個月。一年分四季，一季三個月。

請注意，我們研究東方的醫學中醫，也必須要瞭解印度的醫學。印度一年只有三季，一季四個月，可是它的醫理跟我們差不多，各有長處。我們的藏醫用的是印度的醫學原理。國家統一以後，有的藏醫加上了中國醫學的道理，這點需要注意。「春三月」是春季三個月，根據醫學來講，「發陳」就是舊的換成新的，陳舊的發散了，變成新的；也就是說生氣來了。

「天地俱生，萬物以榮」，我們的身體與天地的氣候配合在一起，以道家的觀念講，人的身體是個小天地，整個的天地只不過一個人身。這是舊的天文科學研究跟人體配合的觀點。春天是生長的季節，萬物欣欣向榮。下面我們只要念下去，重點的講。

說到養生，還有一件事告訴大家，《黃帝內經》有個主要的觀念，與道家講的相同，生命重要的是養生，保養；不是衛生。西方文化講衛生，是消極的。衛是保衛，防禦。養生是積極的，把現有的生命再加培養，自己來培養。這裏講的是養生學，不是衛生。但是怎麼養生？下面講到春天應該如何，只不過我們人現在做不到。

「夜臥早起，廣步於庭」，早晨起來多運動，我也常常告訴許多學禪的運動家，尤其現在人，學武功的，學禪的，白天沒有時間，晚上到公園到樹林，打拳練武功。我說你不要命啦！什麼意思呢？夜裏在公園山林裏，吸的都是碳氣；因爲草木到了夜裏放出碳氣，早晨起來放的是氧氣。結果非要夜裏去練不可，眞的有意思！這個需要懂得啊。

「被髮緩形以使志生，生而勿殺，予而勿奪，賞而勿罰」，古人頭髮都是綁起來的，最好是散開，給它生長。我們人同動物一樣，春天也脫毛，秋天也脫毛，動物也春秋二季換毛的。我們身上也是一樣，大家沒有注意。所以這個時候「以使志生」，使你意識精神來了。

「生而勿殺」，醫學同政治有關係，不要殺生。「予而勿奪，賞而勿罰」，對於生物世界，只能夠施出去，不要罰，不要殺生。你們都曉得秋後算帳，對不對啊？爲什麼呢？中國以前的法令，就是犯了重罪的，除非很嚴重的，很少當場處理的。判決以後，一定等到秋天處決，就是根據氣候時令，因爲春天不准殺生，所以「秋後算賬」是這樣來的。秋天到，該殺頭的才會殺頭了。以前幾千年的帝王政策，說春天是不殺的。

所以古人有兩句話：「勸君莫打三春鳥，子在巢中望母歸」。春天的鳥不准打，因爲小鳥正在窩裏等著母親回來餵呢！中國文化天人合一這個道理，同氣候是有連帶關係的。

「此春氣之應養生之道也。」這是關於春天養生，是這樣一個情形。

肝受傷了

「逆之則傷肝，夏為寒變，奉長者少。」這就要讀古文了，你看它多彆扭，講的什麼話！其實是它當時的文字，簡單明了，把言語變成文字，濃縮裏頭的意義而已。這幾句話，「逆之則傷肝」，春天是生長的時候，所以叫你頭髮也打開，心境也要好，什麼都好，夜裏早一點睡，早晨早一點起來，身體要這樣保養，還沒有講到心理狀態。

如果違反了這樣的生活，肝容易出毛病。春天屬木，木主肝。你聽到肝出毛病，現在的醫學以爲自己有癌症了，其實是肝氣受傷。肝氣是個什麼東西？這就是中醫跟西醫不同了。後來西醫一來，第一個反對中醫，說中醫亂講，說肝在左邊，解剖了，肝明明在右邊嘛。我現在還承認肝在左邊，是指肝氣；身體的神經交叉的、發動的地方在左邊，就是說肝氣還是在左邊。

所以我們看中醫的把脈，心、肝、腎在左邊，肺、脾、命門在右邊。不是搞錯了，沒有錯，它是講肝氣的來源。氣脈都是交叉的，上下交叉，左右交叉，這個網路是這樣的。所以你違反了春的自然法則，肝會出問題。我們發脾氣、憂鬱的、內向的、受委屈的，都傷肝。後面有關心理方面的，《黃帝內經》都有，心理跟生理要配合研究才好。

春天講到肝的問題，其實我們整個的氣候一個冷一個熱，春天漸漸由寒變成暖和，到火力很強的時候就到了夏天。所以我們中國講歷史只有春秋兩個。春秋是最好的，日夜時間持平，二十四節氣裏面，春分、秋分的時候，可以亂穿衣服。春天氣候溫暖過了以後，就是熱度高了，是夏天來到。

「夏爲寒變」，夏天怎麼會寒冷呢？這是說夏是寒冷的相對。「奉長者少」，生長的時候少，春天才是萬物生的季節。下面馬上就講到夏，現在只提一個綱要。

四氣調神，就是我們講天人合一，生命與氣候中間的變化。我們常常看到中醫裏講邪風，或者是邪氣。這個邪代表什麼？哪有個風是邪的？哪個風是正的？當我們生命健康的時候，本身那個氣是正的；不健康的時候，氣就是邪的。醫學告訴我們有寒則畏寒，身體裏頭有寒的，特別怕冷，感覺外面的風冷得不得了，這就叫邪風。正邪是本身的立場加以分別的。

夏天該如何

「夏三月，此謂蕃秀。天地氣交，萬物華實，夜臥早起，無厭於日，使志無怒，使華英成秀，使氣得泄，若所愛在外，此夏氣之應養長之道也。」

春生夏長，這是講夏天這三個月當中，「蕃秀」，植物春天種下去，一直成長到夏天，這是最漂亮的時候。夏天「天地氣交」，這是古文那麼講，因爲我們的生命靠三樣東西，日光、空氣、水。溫暖的地方會生長，寒冷的地方就是死亡。「萬物華實」所以夏天是生長最重要的時候，萬物繁華漂亮。那麼，夜裏早點睡，早晨早點起來。「無厭於日」，無厭是什麼？不要過分在太陽下面活動，避開一點日曬。

「使志無怒」，在心理的修養上少發脾氣，怒是發脾氣，換一句話說，心理上對人對事寬容，不要有怨恨的心理。「使華英成秀」等於讓大地上的萬物成長茂盛。「使氣得泄」，這裏頭有個問題啦，夏天怎麼叫泄氣？這是《易經》講消息，成長的時候就開始死亡，當你死亡的時候即開始成長，這是一消一息，所以生命到了最漂亮的時候就要完了。

《莊子》內篇告訴你方生方死，方死方生。嬰兒生出來以後，到第二天，這個嬰兒已經比昨天老，三歲的嬰兒比一歲老，生生死死很快的在變化。所以《莊子》也引用孔子告訴顏回的四個字，「交臂非故」；生命的道理，一切的道理都很無常，你我兩個對面走，你過來我過去，兩個膀子一靠，已經變了，都不是現實的你我了。

所以夏季要善養自己的意志，無怒，陰氣就可以發泄出去了。「若所愛在外」，這個時候人的思想情緒都喜歡向外面，都喜歡放射出去。「此夏氣之應養長之道也」，四氣調神就是講這一套。沒有講怎麼調，只講什麼夜睡早起，什麼不要發脾氣之類的調神的道理；所以它沒有講醫學，只講養生。但是你懂了養生的原則去看病，就看出病因來了。

醫病先看相

《黃帝內經》的前面提到過望聞問切，望是眼睛看的，就要曉得看氣色了。我們的臉上，春在東方（指左顴骨），夏（指額），秋（指右顴骨），冬（指下巴），中（指鼻子）。肝在春天這一面，夏，心臟；秋，肺；冬，腎臟；中間脾胃。所以我們說，就要懂得看相了。

哎喲，你老兄鼻子這裏長一顆痣啊！判斷你可能有痔瘡，或者是外痔，或者是內痔；因爲鼻子中央管脾胃腸道，屬土。所以，學中醫的話，這一套先要學會。而且氣是氣，色是色，氣色是兩回事。

有人一進來，如果你學過中醫氣色論，一看已經知道他的問題了。不但如此，還包括了運氣問題。如果做生意的話，一臉的黑氣，或者發青的氣（師指右顴骨），一定倒楣，不但蝕本，最少是手邊調不動了。嚴重一點還打官司，坐牢。或者反過來，也可以看要升官發財的。氣色怎麼看呢？裏頭告訴你，這個色容易看，氣你就看不出來了。

學醫的時候，要練眼神，我們過去學，也是這麼看，要你在人睡著沒有亮光時，用蠟燭在臉上一照，不准洗臉就看出來了。這一套學問一大堆。所以學醫先學望，眼睛一看已經知道了一半，等到把脈，那是最後的事情了。

我剛才講方位裏頭的氣，我常常告訴年輕學醫的，你要懂醫學看氣色，多去看京戲，京戲有臉譜啊。像那個張飛一出來，這裏黑的，額頭這裏白的，白的代表腦子裏頭的智慧很高，脾氣很大，張飛一定有肝病，又會喝酒，所以一臉黑氣。

白面書生臉白，肺一定有問題，可是有腦筋，也有思想。那麼演劉備、諸葛亮出來，沒有臉譜，不化妝，看起來很平常；莊子說，看起來很平常的最高明。你懂了臉譜，就慢慢去研究氣色，學醫就懂得「望」了。

至於「聞」呢？聽人講話的聲音，表情，已經知道病在哪裏了。這是要做工夫去練的。然後再問哪裏痛啊，怎麼啦，幾時發生的等等。如果你懂得的話，看到練過武功的人，他的病就有特點了。

所以有人說，哎喲，我腰脊椎這個地方忽然痛。你要曉得他的職業；他說「我在工地裏頭監工。」「哦，你碰到東西啦？」「沒有啊。」「你想想！」「哦，有，前幾天。」他剛好碰到那個穴道。這就是「問」哦。

相術的奇妙

學醫啊，太難學了；醫學就是政治家的學問。政治家什麼都要懂。望、聞、問，然後才來切脈。切脈還是最後一步了，高明的醫師先看相。以前抗戰的時候，在湖北四川的邊境，碰到一個鄉巴佬，蹲在地下作篾。篾字聽懂嗎？編竹簍子的那個篾條，現在你們年輕人不懂了，就是蹲在地下編竹簍子。聽說這人看相第一流，我有一個朋友，也給他看過，說眞靈啊！

抗戰時，他在海軍，中國的船都被日本沉到長江裏了，海軍就歸到陸軍裏。他是海軍出身的，人家看不起，他說在陸軍像個小姨太跟在後面一樣的，人家不理我們。我們很無聊，三個海軍沒有事做，聽到這個看相的很高明，就上山去找他。他蹲在那裏眼睛都沒有抬，手還在工作。

第一個人給他看，「你很好，你現在大概是少校。」一下子就說對了。「你，三年以後做文官去了，不會做軍人。」果然，這個傢伙三年以後去做縣長了。第二個一看，「你啊，官到了中校位置，上校都做不到。」我這個朋友是最後一個，他說：「你啊，上將軍、總司令。」

這個朋友想我是北方人，又不是黃埔出身，是海軍出來的，又不是浙江人，哪裏有機會做官？所以聽了就笑。但結果怪了，一個眞是幾年後當縣長，另一個傢伙他只到中校。他說，等我到了臺灣當了海軍總司令，已經是上將了，忽然想起這件事，就叫國防部給我查這個海軍出身的人，一報上來有。什麼階級啊？中校。看相說我的準了，當海軍總司令，而且做上將；他還是中校，我偏要把他提成上校。（眾大笑）

結果啊，他就查了很多資料，報功，說這個人應該升上校，上了幾次公文，上面都批不准。最後我發了脾氣，說，我一個海軍總司令，雖然後來地位更高了，我連升個一級上校都升不上去！馬上就公文給他頂上去，結果行了。發表上校那天，這個中校進醫院死了。（眾大笑）

爲什麼講出來這個？你們作醫生的，尤其學中醫的，不是靠儀器哦！兩個眼睛就是儀器！亂講一頓，肚子講餓了，吃飯吧。

第二堂

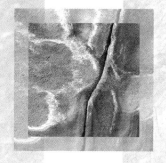

剛才在吃飯以前亂扯，我不是醫生又不是學者，講話素來亂扯的。由於這一篇是〈四氣調神大論〉說到了「調神」兩個字，一下又講到診斷氣色，其實氣色在診斷學裏非常重要的，也是辨證學的範圍。不過氣色不是光看臉上！也要看眼睛，全部身體情況都可以看出來了。

另外耳朵也有耳針耳穴，最近還有一個女的來找我，學手針、手紋的，十幾年了，很厲害。所以診斷病情很不簡單，表面上看這一些是江湖小道，很小的技術，有時候非常有用。香港有一個針灸醫生，最近還來一封信，要我寫什麼序，他是研究舌針的，在舌頭上扎針，還治好很多病人。所以講針灸穴道，我們醫學界看起來越來越發展了，也是很奇怪的事情，就看自己有沒有智慧來開發了。

陰陽四時的影響

現在我們本篇講到調神，四氣調神就是春夏秋冬對於五臟的影響。這一篇最後的結論，就講到氣色的問題，如果全篇要講，今天晚上兩個鐘頭還不夠，問題還是在我們中文的底子。

所謂四氣調神的大論，這個大字不是說包括很多，而只是個大要而已。再看本篇最後的一段。

「故陰陽四時者，萬物之終始也，死生之本也，逆之則災害生，從之則苛疾不起，是謂得道。」這個陰陽四時，春夏秋冬，一年四季氣候的變化，實際上是兩個東西；一個冷，一個熱。這個要懂得天文，懂得陰陽，因爲半年屬陰，半年屬陽。我們曉得冬至一陽生，講農曆；這個是我們的科學了。你不管這個科學如何，我們現代人儘管說是舊科學，可是你連舊科學都不懂呢！舊科學不懂，卻一概推翻，新科學偶然發明一點東西，就大吵大鬧又有新的東西發明了，這才叫迷信！

在邏輯上一件事情搞不清楚，就亂講，這就是迷信。迷信兩個字很難講，看不清楚就亂判斷，就是迷信。

所以講科學的道理，一年分陰陽，冬至一陽生，夏至一陰生，上次講過的。我講個現有的科學大家就了解了。我們這個樓層鋪有地熱，這是最新的科技，地下的暖氣上來。冬天天氣很冷，地球的表面冷，這個時候熱能向裏面收縮，所以冬天的井水或者太湖裏頭的水下面是暖的。夏天呢？這個水是涼的。冬至一陽生，夏至一陰生是地球的物理。我們的身體，冬天吃火鍋，什麼都不怕，消化力很強；夏天就不行了，胃是寒的。所以這就是天地陰陽的道理。陰陽兩個字是代號，它是古人把科學東西的濃縮；不要因爲自己不通，看到陰陽就頭昏了。

二十四節氣的道理

「故陰陽四時者，萬物之終始也，死生之本也」，一年三百六十天分十二個月，一個月三十天。再重複一次，五天叫一候，三候叫一氣，所以一年七十二個候，二十四個節氣，都有變化。中國的這些科學與醫學都是相通的，像季節變化等等，通了以後才知道其中有個原理的。一年來講，冬至一陽生開始，白天慢慢長起來了；到了夏至一陰生，夏至也叫做長至，白天開始短起來了，這個道理要配合天文。有些科學家隨便罵，什麼天人合一，他也沒有搞清楚；不管他是什麼大學者，博士，反正你學識不到不要亂開口，免得人家笑你。所以說，陰陽四時對人影響非常重大。

「逆之則災害生，從之則苛疾不起」，違反這個原則就生病了，整個地球人類，身體也是一樣。順著這個四時的變化，則不會生病。拿生理醫理來講，「是謂得道」。這個道是什麼意思？就是守住那個原則，那個法則。道者路也，這是人生的大道，一條路。順隨這個法則生活，你就得道了。

所以「道者聖人行之，愚者佩之」，這是中國道的文化，這裏講「道」就是一個大原則，生命的一個大的法則。聖人就依這個法則來活著；笨人只在心上記住，像一個玉佩一樣掛著而已。

先治未病

「從陰陽則生，逆之則死，從之則治，逆之則亂，反順為逆是謂內格。」所以你要懂陰陽四時這個法則，自己養生，調養，保養這個身體。如果違反了就會生病，內在出問題了。

「是故聖人不治已病治未病，不治已亂治未亂，此之謂也。」這是中國上古的文化，醫道跟政治是一樣的，懂得政治的歷史上大名家，都懂得醫，因爲都是醫學道理來的。所以「聖人不治已病治未病」。在沒有病的時候，有一點不對就先吃藥，先把它治好。等到已經生病再治已經晚了。政治的道理也是一樣，天下大亂，你來平天下，不算有功勞；能夠使國家社會永遠不亂，這才是大政治家。看起來沒有功勞，其實功勞最大。這幾句話是中國文化的精華。

「夫病已成而後藥之，亂已成而後治之，譬猶渴而穿井，鬭而鑄兵，不亦晚乎。」政治和醫藥的道理是合在一起的，病已經成形而後用藥來治，就像是社會已經變亂，再用法律軍事來管理，都不是聖人之道。尤其你們做老闆的講管理學，這也是管理學。他做一個比方，就像臨渴鑿井，口乾了才去挖井。「鬬而鑄兵」，就要打仗了，才去造武器，這不是遲了嗎？這個〈四氣調神大論〉，重點在哪裏？全篇諸位自己去研究去讀吧。

昨天我告訴一個朋友，這個朋友發心要讀書，他年紀大一點。我說中國字好辨，你就看那個字，就會讀古書了；有邊讀邊，沒有邊讀中間，這就是中國字。他說想通了；至於說哪一個音準確呢？廣東有廣東的發音，我們浙江有浙江的發音，北方那個是後來的事，你要做一個學者慢慢來，你要先認得字。

所以你們要多看這些古文，少玩一點電腦，多看一點書，中國字好辨的。像這個三點水，一定同流水有關的，雖然不曉得怎麼讀，意思慢慢也懂了。我不是給你們開玩笑的，這樣去努力，再買一部《康熙字典》放在旁邊翻一翻，一年以後你就是大學問家了，此其一。

再說活子時

第二就是講一年四季春夏秋冬，怎麼調整養生，把自己身體怎麼搞好這件事。記得上次講到〈上古天眞論〉時，講到道家的活子時，有一個同學來問身體上的活子時。我們身體上隨時有一年四季春夏秋冬，如果呆板的讀書就不懂這個道理。譬如我們白天工作，夜裏睡覺，這是天地的規則，不能違反的。我說這是對的，可是你要有智慧去運用它。像我夜裏工作，白天睡覺，現在跟你們講完課，到十一二點胡亂吃一點東西，開始工作了，差不多到天亮。昨天夜裏到現在只睡兩個鐘頭，我現在還給你們亂扯，感覺是昏頭昏腦的。但是你不要看我昏頭昏腦，一個小字錯了我都已經看到了。那完全違反了一般的法則。爲什麼能這樣呢？是自己利用了生命，把這個原則反過來用。所以子時一陽生，你說年紀大了，陽氣沒有了，是有方法自己可以調過來的。

好！這樣你懂得活子時了，現在《黃帝內經》告訴你一個大道理，大原則，你自己可以調整自己身上的四季，也可以把很不好的變成春天。

講到這裏，我突然又想起來，譬如這個春天，當你現在精神非常好，身體很愉快，這正是你的春天。春天消耗得太過份，馬上收縮了，就是秋天，在這個中間你要曉得調整。譬如你們很多人喜歡量血壓，我說我一輩子不碰這個東西。一個外國留學回來的同學，帶一個輕便的血壓計送我。我已經有二十幾個了，都把它送出去了，我不碰的。今天情緒非常高，血壓上升了，等一下情緒低沉也就不會上升。有時候吃飽了也上升，要是相信這個你就不要活了。

所以我常說，聽醫生的話就活不下去了，聽律師的話門都不敢出了。人生天地之間，男子漢大丈夫，我們要能指揮天地，把自己身體變過來才是。

這也就是四時的道理，自己本身隨時有四時，像氣候一樣的變化。不過你眞要保重自己，先要懂這個原理，自己才能調整得好。如果眞調整好了，就是本篇所講的「聖人行之，愚人佩之」的道理。

你看《黃帝內經》沒有跟你講治病吧！也沒有開什麼方子；爲什麼囉囉唆唆講這些呢？這個就是病理學了，或者講治病的哲學。把這個把握住了，你做醫生就會非常高明。至於藥物要仔細去研究，而且遍地是藥，看你怎麼去用。

通天的氣

第三篇〈生氣通天論〉，你先把題目弄清楚，我們活著的這個氣跟天地相通。問題來了，什麼是氣？這個是大問題。風是氣的根本，什麼是風？這就要追問了。所以佛家講四大，風大、地大、火大、水大，這個大就是一大類。佛學告訴你風是「無色有對」四個字，看不見，沒有顏色。我們感覺到風來了，那是你本身反應的感覺，風是無色無質的。「有對」，是跟你相對的，碰上才知道有風。

整個天地之間都有風，你說到了太空有沒有風？有風。那個風是靜止的風。假設我們有個眞空管，眞空管裏有沒有風？我講的，有風；只是風潛伏不動了，所以感覺不到。

風的變化叫做氣，所以修道學佛做工夫說是修氣，是風的第二層。這個氣又是什麼？那是風的能量，風本身就是能量，這個能量是變動的。這個氣在身體上，我們的呼吸就是風的現象，呼吸一直出入才感覺到鼻孔這兩個通道。呼吸不是只有鼻子，全身十萬八千毛孔隨時都在呼吸，但是沒有修養的人不覺得，表面上只曉得鼻子在呼吸。等到鼻子呼吸完全停止了，就是死亡，這是風跟氣兩個的關係。

佛家講修鍊呼吸叫修調息，這就難辦了。息是到了身體的內部不呼也不吸，它本身保持一個能量永恆存在，那個叫息。息字的意思就是電充滿了，所以《易經》上有兩個字叫「消息」，我們使用的時候叫消，寧靜下來不使用時，叫休息。休息的意思是充電。

現在講到〈生氣通天論〉這個題目，我們所有人坐在這裏，本身的生命有個生生不已的力量，這一點又要提出來中國文化的不同之處。我常常跟外國的朋友講，我說你們的文化，現在是科學很進步；你們的宗教、世界上的宗教都是死人的哲學，那當然包括佛教、道教都一樣。你看每個宗教都叫你做好人，死了以後好人到天堂，壞人下地獄。宗教家對世界的看法是悲慘的，對人生的看法是悲哀的，因爲宗教家站在殯儀館的門口看人生。只有我們中國文化的道家，不站在殯儀館的門口看，而是站在婦產科門口看。嘻！又出來一個了，又生了一個了，生生不已的。你們西方文化的宗教哲學是站在晚上看，日落西山好可悲。道家是站在早晨看，唉啊！太陽又出來了，生生不已。

實際上天地之間只有兩個作用，一個生一個死，佛學叫生滅。一個有一個空，中國道家醫學講生生不已。所以我告訴西方人，據我所了解，全世界只有中國人有這個特點，而且中國人敢講人是可以長生不死的，有方法。有沒有人看到長生不死？沒有。但是他敢吹這個牛，這是我們中國人的「牛大」。

現在這一篇就是講〈生氣通天論〉，我們生命自己有個氣化，所以中國道家有句話「與天地同休，與日月同壽」，講自己這個生命修道成功可以不死，除非天地毀壞了，你才完了；甚至可以超過天地與日月同壽。只有中國的文化才有這個氣派，我們自己講個笑話，那個牛吹得眞大，但是不亂吹。

壽命的根本

「黄帝曰：夫自古通天者生之本，本於陰陽天地之間，六合之內。其氣九州，九竅、五臟、十二節，皆通乎天氣。其生五，其氣三，數犯此者，則邪氣傷人，此壽命之本也。」

讀這些古書，你們年輕的看得頭大了。這個裏頭又包括數學，都是舊的中國古代的文化。所以說中國文化是什麼？這就是中國文化。黃帝提出一個問題來問歧伯，他說從古以來「通天者生之本」，這一句話是說，能夠通達天地宇宙的作用，通達智慧，就是認清楚生命的根本。他自己做了答，「生之本，本於陰陽天地之間，六合之內。」六合是什麼？古代的天地觀念，東南西北上下叫六合。還有一個名稱，我們中國文學的八方，「八方風雨會中州」，東南西北加上四個角叫八方。印度來的佛教叫十方，東南西北加上四個角再加上下叫十方。所以我們上古文化講空間叫六合。

「其氣九州」，上古夏禹之前把中國地區分九州，不是現在的十幾個省。譬如甘肅叫雍州，包括陝西、山西等等。山東叫兗州，那都是古代的地理。為什麼他提這個？是拿我們中國的地理比喻自己身體內部。人有九竅代表九州，頭上七個洞，兩個眼睛，兩個鼻孔，耳朵兩個孔，一個嘴巴，下面兩個。內部有五臟，有十二氣節所走的十二個氣，「皆通乎天氣」。所以人體的組織同天地的組織差不多一樣。現在的人看是亂扯的，不夠科學，可是上古的科學是這樣來的。

「其生五，其氣三」，什麼是其生五啊？什麼是其氣三？五是五行，代表了心肝脾肺腎，也就是金木水火土。其氣三，這個氣是什麼？天氣、地氣、還有中間的運氣。算命的講你運氣好不好，是說生命之間流動的氣。

「數犯此者，則邪氣傷人」，這裏講五行之氣，天地之氣，如果你的生活原則違反了它，邪氣就上來。假如今天諸位只穿一件背心一條短褲來，你還是會受涼。天地之氣溫度下降，你偏要穿得少，所以「數犯此者，則邪氣傷人」。「此壽命之本也」，直接影響到壽命。

「蒼天之氣清淨，則志意治，順之則陽氣固」，宇宙之間這個能量是清淨的，所以我們要學這個法則，自己的心清淨，心平氣和，陽氣就堅固了。

「雖有賊邪弗能害也，此因時之序」，就是剛才我們再三提到什麼叫邪氣，那是自己招來的風，不是每一個風都變成你的邪氣。譬如現在很多人，尤其我在香港看到最可怕，香港人不知道怎麼搞的，夏天冷氣開到冬天一樣的冷，這些女的又愛漂亮穿短袖進去，我說你不病那才怪。

還有一個朋友臂膀痛，查不出病因。我說你辦公室冷氣是不是開得很冷，辦公桌上面是不是鋪玻璃板。他說：「人家說老師有神通，你眞有啊！我的辦公室你都看到了。」我說你根本沒有病，後面吹冷氣，兩個手放在玻璃板上辦公一天，就是這個道理，邪氣來了。我說你以後在辦公桌上鋪一塊布毯，後面冷氣調好就好了，也不要吃藥，就是剛才講的這個道理。

所以賊風也就是邪風，你自己招的，這是不適應環境造成的。現在叫環保，我們這個生命也要顧及環境的影響，就是我們生命的環保。

陽氣　元氣

「故聖人傳精神，服天氣而通神明，失之則內閉九竅，外壅肌肉，衛氣散解，此謂自傷，氣之削也。」這裏講聖人是得道的人，所以得道的人傳精神，這個「傳」是保持自己的精神。「服天氣」，服就是服從，不要違反，服從這個天氣而通神明，自然精神頭腦清楚，這是神明。我們中國人有時候講鬼啊，神啊，叫做神明，實際上神明是你自己精神靈光，通竅。如果違反了這個，「內閉九竅」，鼻子不通了，耳朵氣也不通了；「外壅肌肉」，人也僵硬了，血壓也高起來了；「衛氣散解」，你自己保衛你生命的這一股氣就散開了，起不了作用了。這叫做「自傷」，自己傷了本身的元氣。

「陽氣者若天與日，失其所則折壽而不彰」，陽氣像上天太陽一樣，如果你的陽氣自己搞得不好，就短命了。我記得還有一個算法，在〈金匱眞言論〉〈陰陽別論篇〉〈平人氣象論〉〈三部九候論〉這幾篇裏。所謂陽氣是什麼？歡喜就是陽氣，高興就是陽氣。《老子》裏頭講得很明白，我就跟你們拉開來講，《老子》裏頭說明，嬰兒睡覺的時候，到某一個時候，尤其男嬰，他那個小便部位就翹起來，因爲精神夠了。當然有時候是屙尿，有時候不一定是屙尿。老子告訴你小孩那個翹起來，他說那是陽氣來了，那個時候沒有性慾的觀念，人長大了，男女都一樣，男性呢？老子說朘作；女性呢？乳房發脹。同一個道理，一個陰一個陽，單的謂之陽，雙的謂之陰，這叫陽氣發動，這個修道的也叫活子時。

等到十幾歲，有了性的觀念以後，這個陽氣一來，闖禍了，叫做猛虎下山，要吃人了。所以道家要降龍伏虎，這個老虎你永遠抓不住的。而且這個老虎很厲害，《西遊記》上孫悟空那個棒子就是這個東西變的，本來這個東西是海底的神針，掛在那裏沒有用，一下子立了起來，大鬧天宮就不得了了。這是陽氣的道理，有形有相的。所以你本身精神好陽氣多，懂得修持修練的人，身體越來越好。陽氣若天與日，失其所就短命了。

暑氣　神氣

「故天運當以日光明，是故陽因而上衛外者也。因於寒，欲如運樞，起居如驚，神氣乃浮。」

陽氣來的時候，像太陽出來一樣，身體很光明。你現在坐在這裏，我們學醫的要自己體會，你固然很專心拿著書本在聽課，我請問大家，坐在這裏身體有沒有感覺？一定有感覺。這裏難過，或者哪裏不舒服，難過歸難過，聽歸聽，裏頭在動。你自己要搞清楚，這個動的感覺，是氣在裏頭動了，這個感受就是氣來了。所以冷要加衣服，起居要正常。「起居如驚」是什麼意思？我們白天做事，夜晚要睡覺，隨時害怕小心不要大意。我們一不小心，從被窩裏出來好冷，一驚就有感覺了，風邪已經進來了。不是外面眞的有病進來，是裏面沒有保護好，兩個一結合就發病了。「神氣乃浮」，那麼神跟氣就不行了。

「因於暑，汗煩則喘喝，靜則多言」，夏天傷於暑氣的話，汗多口乾，喜歡講話不停。譬如我們有一個朋友坐在那裏非講話不可，一講話停不了。他裏頭已經感染，暑氣浮在外面。

「體若燔炭，汗出而散」，這個時候講病相，身體像在火上烤一樣，汗很多，散開了。

「因於溼，首如裹，溼熱不攘，大筋緛短，小筋弛長，緛短為拘，弛長為痿。」如果外面溼度太高，我們穿得不對，溼氣就侵進來了。要注意，人的身體百分之七十是水，這個水不流暢就滿了，就發溼氣。我們的生命夠可憐的，很痛苦，都是溼氣，溼氣太重時頭腦不清楚，感覺頭重，困住了。如果溼裏頭加上發炎發熱，筋就軟了會抽筋，或者是拉長或縮短，動不了，就像普通講的中風那樣子。實際上是傷到氣，也是中風的一種。

「因於氣為腫，四維相代，陽氣乃竭」，氣是無形無相，看不見的，所以沒有精神沒有氣力了，生腫瘤，生癌症。氣雖是無形無相，但「無相有對」，有感覺的。中風的人手動不了，風就是氣，風動不了就會結塊。

所以對於開始有腫瘤、癌症的說法，我有時候不大相信的。我不是醫生，說話不負責任的。有許多朋友去檢查有腫瘤，有癌症的，根本沒有吃藥就好了。你要開刀你去開吧！有些醫生告訴我老實話，花好多錢開了刀沒有用。我說你們就是把肉挖一點，靠不住的。有時候腫瘤是由氣的變化結塊而來的。

第三堂

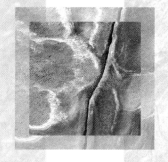

夏日陰氣盛

「陽氣者，煩勞則張，精絕辟，積於夏，使人煎厥。」剛才講氣的問題，夏天天氣很熱，其實在陰陽學上叫做陰，所以陰氣很多。那麼我們人的陽氣碰到夏天這個氣候的陰，氣容易煩躁，容易發脾氣；這個時候精神容易破壞，使人有煎熬昏厥的感覺。

「目盲不可以視，耳閉不可以聽，潰潰乎若壞都，汩汩乎不可止。」碰到夏天這種情形，眼睛有點矇住了的樣子，耳朵也容易出毛病，像這樣的情況，是因爲陰氣碰到陽氣時衝突而發生的。

「陽氣者，大怒則形氣絕而血菀於上，使人薄厥。」我想明天起先多注重這一方面，配合心理方面同經脈方面講。陽氣使人容易發脾氣，我們俗話講「氣死人」，所以一生氣就可能形成氣絕，血壓高起來了，馬上會使人昏倒。

「有傷於筋，縱其若不容。汗出偏沮，使人偏枯。汗出見溼，乃生痤疿。」筋骨就鬆懈了或偏枯。身上也會生痱子。

「高梁之變，足生大丁，受如持虛。」高梁是食物，如果碰到飲食多了，腸胃發生變動，有時候五臟六腑都會中毒。中毒還是飲食來的，腳上也會生疔瘡，身體整個虛弱起來了。

「勞汗當風寒，薄為皶鬱乃痤。陽氣者，精則養神，柔者養筋。開闔不得，寒氣從之，乃生大僂，陷脈為瘻，留連肉腠。」這個「大僂」，可以說同現在癌症的道理相同。像這個陽氣啊，陰氣啊，有很多名稱，要詳細講，我還沒有準備好，要配合現在流行的西醫來講，那就比較明白。不然講氣啊！氣啊！自己搞不清楚在哪裏，就很難體會了。

「俞氣化薄，傳為善畏，及為驚駭。」「俞氣」這個俞字是什麼意思？就是中文對應的，答應這一句話，我們講「耶」，就是這個意思。所以在醫書上看到俞穴，是某一個經脈發生問題，與它相對應的穴道。俞這個中文字要注意了，不然我們看針灸的書上常有這個俞穴，俞穴不是阿是穴，而是對應身體內某部臟腑的穴道，故稱爲俞穴。

「營氣不從，逆於肉理，乃生癰腫。」這些我想不講了，你們應該可以看得懂。你們不懂的就是關於道家的修養，養生。古代這些你們不知道的，也許我懂一點，貢獻給大家。下面翻過來這一頁後面這裏。

白天陽氣夜陰氣

「故陽氣者，一日而主外。」拿一天來講，這個陰陽是白天陽氣在外。

「平旦人氣生，日中而陽氣隆，日西而陽氣已虛，氣門乃閉。」這是講一天當中陽氣的變化，不是講氣候；是講我們生理上生命的氣，配合天地是一樣的原則。太陽一下去就睡覺，太陽還沒有上來就起床，這是講農業社會。什麼叫平旦呢？天還沒有亮快要亮的時候，這時是生命氣的回轉，到了中午是陽氣最盛，就是太陽當頂的時候。下午太陽向西偏了，氣就虛了，是屬於陰氣的範圍了。

「是故暮而收拒，無擾筋骨，無見霧露，反此三時，形乃困薄。」他說到了晚上就要休息，收斂。所以我們睡覺時自然的會關門窗，關門窗不是爲了氣，不是爲了怕小偷。反正天地都在偷哦！中國有一部道書說「人爲萬物之盜」，這個宇宙之間通通是土匪強盜在搶；人是偷盜萬物。你看吃的米啊，麵啊，菜啊，什麼都偷來用，現在又偷石油用等等。天地呢？萬物之盜，天地也在偷，彼此一大偷，彼此傷害。所以他說，晚上要知道收斂，因爲氣虛了。如果違反早中晚三時之氣，「形乃困薄」，身體就受損了。這是上面這一段的理論。

注意哦！最後要懂得看病治病，先要讀這些書，不要覺得好像沒有關係，認爲是一種空洞的理論。在我是希望你們多注意，這個病理搞清楚了以後，再把醫學好了，你一定是個高手；神醫都是從病理裏頭鑽出來的。至於下面怎麼針灸，怎麼看病，那再去研究，那一套是技術了。先把這個病理的哲學研究透，多花一點時間讀。明天要改變方法，告訴大家重點，另抽一點東西來講。

認清陰陽內外

「歧伯曰：陰者藏精而起亟也，陽者衛外而為固也。」這是講陰陽的道理，生命也有，身體也有。看不見的是陰，衛外而堅固的那個叫陽，這是個代號。陽是發散的，明亮的。我們身體上這個陰，是含精在內的，千萬注意，不是男女性行爲出的那個精！我們本身所有的細胞活動的能量，都是精。這個觀念要搞清楚。

「陰不勝其陽，則脈流薄，疾并乃狂。」陰如果不能剋制陽，勝就是剋制，生剋的道理；陽太旺盛時，血壓就高起來，血管膨脹，有時碰到別的病情就發狂了。

「陽不勝其陰，則五臟氣爭，九竅不通。」陽氣剋服不了陰氣，五臟六腑裏面的濁氣出不來，我們中文是濁氣，身體裏頭的碳氣出不來了，就造成九竅不通，鼻子也不通，或者耳朵聽不見等等，都來了。

「是以聖人陳陰陽，筋脈和同，骨髓堅固，氣血皆從。」所以大聖人重點在自己修鍊，把筋脈陰陽這些搞清楚，筋脈協調，筋骨也就都順和了。

「如是則內外調和，邪不能害，耳目聰明，氣立如故，風客淫氣，精乃亡，邪傷肝也。」陰陽內外都調和，就不會有邪氣進入，如果因爲外風客邪一來，自己本身的精氣元氣抵抗不住，就導致精神疲憊。抽血化驗，細胞都發生變化了。這一種情形第一是傷肝，傷就是首先形成的病，不健康了。

「因而飽食，筋脈橫解，腸澼為痔。」譬如這個情形一來，再加上吃多了，我們的氣脈神經血管就起了變化，會形成痔瘡，腸子容易生病。

「因而大飲則氣逆。」喝酒喝多了傷氣，因爲氣逆行得太過度了。

「因而強力，腎氣乃傷，高骨乃壞。」如果拚命勞動，勉強用力，那會傷了腎氣。「高骨乃壞」，重要的骨節就受傷害了。

調和陰陽

「凡陰陽之要，陽密乃固，兩者不和，若春無秋，若冬無夏，因而和之，是謂聖度。」所以陰陽的要點是要調和，不調和等於一年有春天無秋天，或有冬無夏。譬如我們從舌頭起連貫於五臟下去的，是屬於陰，就是西醫所講的自律神經系統，背脊骨上來督脈中樞神經系統屬於陽。有時候手拿不動東西，中風了，自律神經失調了，這是以西醫的名稱來講。所以西醫要比中醫講得明白。

我們古書這樣講陰啊，陽啊，你們千萬注意，學了醫給病人不要用這些術語講，要用普通的話給他講。我最怕那些學佛學道的有學問的人，常常拿課堂上那些名辭跟普通人談話，豈不是要命嗎？學問歸自己，講話要儘量的白。所以用流行的知識講陰陽道理，就容易使人了解了。

「故陽強不能密，陰氣乃絕。陰平陽秘，精神乃治。」這句話「陽強」是精神來了，「不能密」，不能自己保持住，陰氣也沒有了。陽極陰生，陰極陽生，道家的道理也就是醫學的道理，《內經》的道理。男性在《易經》陰陽道理代表陽，女人屬於陰。過去譬如找人算命，算命先生問你乾命還是坤命，男人是乾卦，女人是坤卦。或者問你陽命或是陰命，這是普通男女代表。

可是以道家的道理，醫學的道理來講，男人是陽嗎？男人都是陰，只有一點是至陽之精。女人是陰嗎？女人都是陽，只有一點是至陰之精，這叫做陽中有陰，陰中有陽這個道理。這兩句話看是古代相傳，但是學道要知道，學醫也要知道；不過現在要科學求證，這就要科學家們想辦法了。也就是說，用最新的科技來做測驗，或者用量子力學，真空力學來講這個道理；陽裏頭有至陰，陰裏頭有至陽。重點在中間那一點，所以說「陰平陽秘，精神乃治」。

「陰陽離決，精氣乃絕。」陰陽分開了不能調和，我們生命的眞氣就沒有了。

小心四季邪氣

「因於露風，乃生寒熱，是以春傷於風，邪氣留連，乃為洞泄。」譬如我們睡覺，或者在曠野裏頭睡，尤其我們當兵打仗的時候，那眞的要懂這一套了。那時不管生命倒頭就睡，累得什麼都不管了。當兵打仗的很可憐，人不當人看。譬如說海軍的人，天熱起來不得了，但是有個規定，不准在甲板上睡覺，絕對禁止。夜裏在甲板上睡覺有海風吹，很涼快，但是不到幾個月就中風了，手就動不了啦。

現在你們呢？對不起啊，家庭富有一點開冷氣睡覺，貪涼快；尤其年輕人，夫妻也好，情人也好，開冷氣做愛，只有四個字「包死無疑」。但是你當時不覺得。我常常碰到有些人，一看就曉得，這是傷寒，不得了的，很容易碰上，這就談到「因於風乃生寒熱」，所以春天傷於風，「邪氣留連」，「乃為洞泄」，拉肚子。

「夏傷於暑，秋為痎瘧，秋傷於溼，上逆為欬，發為痿厥。」夏天受暑熱，秋天病瘧。秋天受濕，濕氣向上走，欬嗽不停止，因為肺氣受害了，「發為痿厥」，手腳沒有力氣，筋骨都鬆懈了。

「冬傷於寒，春必溫病。」另外還有講「冬不藏精，春必病溫」，這句話在哪裏我忘記了，過去曾背過的。冬天過份受涼，冷了沒有穿衣服，冬寒進去了，到春天患溫病。

講到春天的溫病，兩三年前我們還在香港，聽到那個什麼SARS（非典）。我就笑，我們這位市長也懂，我說那是溫病啊！溫病只要小柴胡湯就行了。我講了以後，北京傳開了，上海同北京小柴胡湯買不到了，貴得不得了。那個時候我不認識這個呂老闆，認識他我就發一筆財了。所以就是這個道理，「冬傷於寒，春必溫病」。

「四時之氣，更傷五臟。」一年四季氣候的影響會傷到我們的五臟，尤其現在加上科學的設備，冷氣，我再三強調要特別特別小心。所以這裏建築的時候我跟建築師講，要想一個辦法，使空調有冷暖的調控，但是開冷氣沒有感覺。現在大概做到了，還沒有做好。將來建築科學還要進步，千萬不能貪涼。你們將來開冷氣啊！電風扇啊！亂開是不得了的。「四時之氣，更傷五臟」，要自己保養，就是剛才提到過的。

五味與五臟

「陰之所生，本在五味，陰之五宮，傷在五味。」我剛才提到西醫講自律神經，拿中國的奇經八脈來講，由舌頭接下去一直到會陰穴，包括五臟六腑，都是任脈的路線。可以說任脈是管血的；這個有關五臟六腑的，都是由飲食來的，與五味有關。所以學中醫用中藥要懂得五味、五色同五臟的關係。講中藥有五色，什麼紅色入心，什麼黑色入腎啦！白色入肺，青色入肝，黃色入脾等。

幾十年前學西醫的外國人，笑我們是亂說。現在科學證明了，尤其是美國的科學，非常注重顏色了；就是我們原來講的紅色歸於心，什麼黑的歸於腎。現在美國反而對我們的東西注重了，不止美國，外國都是。我們自己對自己看不起，可憐的地方在這裏。所以怎麼求進步，自己去研究，「陰之所生，本在五味，陰之五宮，傷在五味」，這個要注意了。下面唸下去就好了。

「是故味過於酸，肝氣以津，脾氣乃絕。味過於鹹，大骨氣勞、短肌，心氣抑。」吃太鹹的不行，這個學醫的要懂了，我是順便提的，我不是醫生。我們在外面久了，尤其是學生多了，你是哪裏人？南方人，喜歡吃魚腥吃鹹的，尤其是廣東人、江浙的海邊人，就曉得他的病在哪裏了。如果他是西北人，看法又不同了，這些都有關係的。

「味過於甘，心氣喘滿，色黑，腎氣不衡。」味過於甘，像我們江浙一帶喜歡用糖做菜，吃多了，也影響心氣和腎氣。

「味過於苦，脾氣不濡，胃氣乃厚。味過於辛，筋脈沮弛，精神乃央。是故謹和五味，骨正筋柔，氣血以流，湊理以密，如是則氣骨以精，謹道如法，長有天命。」

這一卷都是講養生的道理，接下來第四篇〈金匱眞言論〉，是一個總論，這是用到醫學方面來的。所謂金匱的匱是什麼意思？古人把好的東西放到鐵打的櫃子裏，重要又重要，祕密又祕密，醫書上講金匱就是這個意思。上面綜合下來，第四篇最重要。明天再說了，下課。

第四講

五月五日

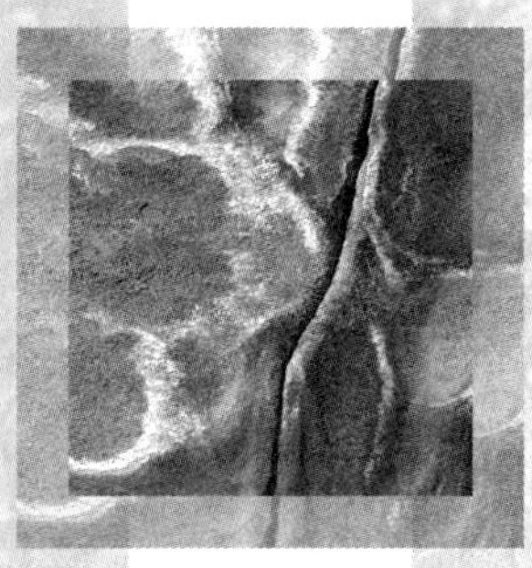

第一堂

這個假期裏氣候特別好，在春光明媚的季節，年輕人正好是講戀愛的時候，大家犧牲了寶貴的戀愛時間，跑來研究這個內經，眞是很稀奇的事。

讀古文的方法

昨天下課以後有朋友說，古文很難唸，我說古文很好唸，繁體字更好唸。中國的方塊字，有邊讀邊沒邊讀中間；你這樣讀下去只要半年一年，古文也就懂了。有人聽了很高興，一個老同學李慈雄博士，就拿這個話來當笑話，也是眞話，勉勵人家。我們這個老同學，是史丹福的老博士，我聽了哈哈大笑來糾正他。我們在座的，好像也有人民大學國學研究社的同學，他們聽了也笑我老頭子亂講話。

其實這個話很有道理，你們現在研究古文，中國方塊字認識了一千多個，就是大學問家了。我常說的，我們小孩子讀的〈千字文〉，只用一千個中國字，把上古到南北朝整個的文化大系，天文、地理、科學、政治，無所不包都講了。所以過去有些外國人到我那裏學中文，先學會這一本書，一年以後就行了，是眞的。

所以中國字，剛才我說那個話大家不要搞錯了，眞的研究中國方塊字，有幾個方向，一個叫「小學」，是中國古代的教育。「六歲入小學」，學認中國字，因爲一個中國字常常有好幾個意義。學會了認字，一年半年，你學問就很好了，什麼書都可以讀懂，連科學翻譯中文的也懂了。「小學」專門學認字，我們小時候讀的，後來這個變成大學的專科了，眞好笑。這是我們這一百年當中文化的轉變。所以大家現在從簡體字入手的更困難了，但是也不困難，先從認識中國字入手。

第二個，中國文化叫「訓詁」，訓詁是專門解釋一個字的內涵，我們方塊字同外國字不同，一個方塊字包含了好幾個思想概念。訓詁之學是在漢朝兩三百年中，學者專門研究文字的學問，所以漢朝的訓詁之學叫做「漢學」。現在外國人講我們中國文化叫漢學，這個觀念是錯誤的，可是外國已經流行了，所以這方面要知道。尤其我們人民大學是我們太湖大學堂合作機構之一，校長也親自來了，特別推薦你們國文研究所來的。我看你們都可能是未來的孔子，所以我很佩服你們的努力。

第三個方向，認識中國字要研究音韻之學，音韻之學就是研究方言了。民國初年有一個語言學家，非常有名，清華大學的老教授趙元任。我們年輕都喜歡唱流行歌，我還記得有一首「教我如何不想他」，就是他的作品。他懂得方言，研究方言，甚至研究到國際的方言，這是一個實例。

文字語言的含義

講到方言之學，我講一個笑話，我不懂外文，有一次我的一個外國學生，是一個海軍將領，好像是海軍中將，是老一輩的軍人。他是跟我學《易經》的，還有著作。我們兩個人很有意思，他一個中國字也不懂，我也不懂英文，有一天兩個人一起走路，沒有話談，因爲沒有翻譯。後來無意談起，我說言語都通的啊！人類上古言語是一個，現在變成英文啊！法文啊！德文啊！中文啊！其實都是一樣。比如你們講「Yes」，中國人講「是」，不是一樣的音嗎？我說我們那裏的土話問這個東西有沒有，「諾」，跟你們講「NO」的音一樣啊！「爸爸」也是一樣，「媽媽」也是一樣。我們兩個越談越高興，不到一個鐘頭的散步，逗出了兩百多個字。他說中國美國一樣，我說一樣啊，本來一樣，這就是講語言學。所以你們學國文的前途很寬廣。

我現在回過來說，中國字有邊的唸邊，沒邊的唸中間，那個意義差不多。前天還有一個廣東的朋友告訴我，他是個醫師，他忽然問我旁邊的同學，實際上他是考問我。什麼叫鹹？這個中國字哪裏來？我就一聲不響聽他發表高論。人家發表高論的時候靜靜聽很有意思。他說鹽是火上烤出來的，拿海水在火上一烤，就是鹽，兩個火現在叫發炎的炎。鹽拿火烤出來，旁邊三點水澆一下就變成淡了，淡是這樣來的，他還講了很多字。

我說是啊，中國「家」字，男人就是豬（豕），上面拿個蓋子把豕蓋著就是家，旁邊加個女字就叫嫁人的嫁，女人嫁人就是拿個鞭子在旁邊管這一條豬。所以諸位女同學把豬要管好，也是男婚女嫁。中國字要用這個註解，這個叫民間的訓詁。講起中國字很有一套，很有趣。又如「窮」字，人窮了，上面是個洞穴的穴字，身體都不敢正了，彎起來像弓一樣彎在穴裏，就是窮到了極點，無臉見人。很多的古字，你這樣有邊的認邊，沒有邊的認中間，意義就懂了。眞懂中國字，只要半年的工夫，所有的古書也就懂了。

我認爲上古的人類語言是一樣的，因爲地區分開了慢慢演變。過去言語三十年一變，我現在看來十二年就一變，現在年輕人講話有些我都聽不懂，很落伍了。譬如我也會上海話，我發音講上海話人家就說，老師你那個是舊的上海話，現在沒有人講。

所以我們老祖宗知道言語演變不得了，後人不曉得前人的語言；所以把言語文字脫開了，把言語的意思變成方塊字，這是我們特別的地方。所以我們中文只要幾千個字，就保留了幾千年的文化。我們手裏拿的這個是兩三千年的書本，你只要認得中國字，思想一點都沒有區隔。外國字不得了，英文已經一百多萬兩百萬字了，幾十年前一百年前的英文古書，他們自己讀不懂了，要專家來研究。我們不然啊！所以叫你們有邊的認邊，沒有邊的認中間。

可是我們這位老同學拿來開玩笑，這就是古代一個大禪師講的，說講話要注意，因爲「一句合頭語，千古繫驢橛」。尤其在上面的領導人，或者老師一句話說出來，千古以來都跟著這一句話跑了，自己反而沒有思想。驢子是形容笨，只要在一個曠野裏打一個樁，行路的人都把驢子繫在上面，這叫「繫驢橛」，這是古文。這個橛字我們南方人不叫橛，叫打樁。你了解了以後打橛，打樁，地方語言分開了，所以相同意義的字，你認識一個字，其它的字也懂了。隨便用打樁也可以，打橛可以，讀書就那麼簡單。因爲昨天我們聽笑話，聽了很開心，所以今天講一下。

經脈對照天時

剛才我首先講，那麼好的天氣，耽誤了你們的假期，在這裏聽這個課很辛苦。這是中國文化，很重要哦！不是只對醫學哦！尤其你們學中醫的同學們，更要注意了。最好是大醫生們有個組織，或者學校，我們大家來討論，因爲內經裏可以找出許多新的科學的道理，只是大家都看不見。我問醫學界的同學們，大家都沒有好好讀過《黃帝內經》，只有「選讀」。選讀有什麼用！不過我現在只能採用選讀，因爲時間來不及，只有幾天，第一天還勉強講過一點。

現在我們看卷二〈陰陽別論〉這一篇，關於生死的問題。我們學中醫的要懂陰陽五行，學中醫必須要學陰陽五行，再三提起注意，陰陽兩個字不要看得太複雜，那是代號，邏輯代號，不是固定的。我大概唸一下，只提要點，你們自己研究。

第一堂

「黃帝問曰：人有四經十二從何謂？」「何謂」是古文，白話翻過來就是講什麼，怎麼講的。黃帝問他的老師歧伯，一個懂醫的神仙，什麼是人的四經十二從。

「歧伯對曰：四經應四時，十二從應十二月，十二月應十二脈。」四條經脈太陽，少陽，太陰，少陰等，這是關於人體的重點，與春夏秋冬四季都有關係；春脈弦、夏脈洪、秋脈浮、冬脈沉。人的生命是個小天地，天地的大法則就是與人的身體一樣相同的，這叫天人合一。不是這個天跟人怎麼合，而是說，生命的法則那個動力跟天地是同一個規律的，所以叫天人合一。

十二從指十二個時辰，與十二個月相對應。十二個月也對應十二經脈，十二脈指手三陰、手三陽、足三陰、足三陽。一年四季春夏秋冬，我們身體及情緒的感覺也有春夏秋冬。我再講個小事，跟我久了的同學就知道我有一個習慣，他們每天早上先把當天的氣象報告給我。最高多少度，最低多少度，今天是什麼溼度，知道了以後你就曉得穿衣服了。其實你要講養生之道，這些通通要注意。我常常說，溫度多少度上海台是講上海的氣候，到蘇州到吳江又不同了，北京台是報告北京。溫度溼度有科學報告，但是有一個適應溫度的問題。我是怕冷，他是怕熱，有時溫度低了，那個怕熱的覺得很涼快，這是本身適應的溫度。所以我常常講，要懂這個才科學。

脈分陰陽

「脈有陰陽，知陽者知陰，知陰者知陽。凡陽有五，五五二十五陽。」

「五五二十五陽」，這句話到底講些什麼？所以學校不教這個也對，因爲你看不懂。這是從《易經》來的，是古代的數理科學，根據天文來的，這一篇就講這個東西。陰陽昨天大概提過了，一年，一月，一天，都有陰陽；像我們現在是下午五點多鐘，屬於陰，十二時辰現在是酉時。這個就要注意了，你們現在不懂，所以我告訴大家，中國的文化很奇怪的。

我當年二十一二歲，還在帶兵的時候，我們被日本人打得什麼都沒有了，手錶是長官戴的，士兵沒有，不像你們現在什麼都有。有一天沒有戴手錶，在野外走得很累，不曉得是幾點鐘了，有一個老兵用鼻子嗅一嗅，嗯！三點半。我說你怎麼知道？他說聞得出來啊！司令官。我說你的鼻子很特別聞得出來。他說司令官這有道理的，你看貓的眼睛什麼時間放大，什麼時間縮小，都是一定的，我們的鼻子也是一樣。我聽了無比的佩服，很想請他做諸葛亮。

其實後來我自己也懂了，人體的呼吸，自己的感受會知道，這是腦的科學，也就是智慧。現代人非常依賴物質文明的科學，依賴機器，人就作廢了，很可憐。所以講到五五二十五就要懂得陰陽之學，五天一候，三候一氣，六候一節，這個數字是粗的講。《易經》告訴你「天數五，地數五，五十有五，其用四十九」，留一個一數不用，因爲數理的道理，所有的數只有一，二不是數，是一的相對。一的以前沒有數是個零，零是沒有嗎？不是。零包含的意義，是一個圈包含了無窮數，無量數，不可知數，空跟有也在內。所以一以前的零，你們學會計的，還有管財政的，會做生意的這些大老闆都是零開始的，現在很賺錢。所以零裏面有無窮數，這句話就是講這些。

分辨陰陽

「所謂陰者真藏也，見則為敗，敗必死也。」人身上那個氣，有陰有陽。換句話說，我們本身生命隨時都有個能量，你自己必須認得，這個能量有陰氣，有陽氣。這並不是說陽就是好陰就是壞哦！這兩個是代號，你善於應用就是控制陰陽。我們以前學這個陰陽八卦之學，那個老師也會這一套，但他道理不懂。當時我們跟他學，他要我們先會背，背什麼陰陽這些東西，前一兩句就會把你嚇死了。

第一堂

陰陽順逆妙難窮　二至還鄉一九宮
若人識得陰陽理　天地都來一掌中

中國的文化很奇妙，什麼科學啊！神秘學啊！都把它用文學來表達。因此我說中國文化的基本在文學。你看他說「陰陽順逆妙難窮」，很漂亮的詩句；「二至還鄉一九宮」，就嚇死你了。「若人識得陰陽理」，假使這個人懂得陰陽這個法則，這個道理，就是說數理科學應用起來，「天地都來一掌中」，整個宇宙掐指一算，就都明白了。陰陽家算命看風水的，不用帶算盤，四個指頭一掐，這個上面都是數字，就像是電腦。所以你看唱京戲的諸葛亮穿個袍子，掐指一算，什麼西方庚辛金，旁邊有人聽到就已經知道了。

「二至還鄉一九宮」，「二至」就是冬至夏至，冬至一陽生，夏至一陰生，冬至起陽能從地心向上走，陽氣開始了，爲地雷復卦䷗。夏至那一天，陰氣慢慢從地心往上走，陰氣來了，爲天風姤卦䷫。所以冬至是陽生，夏至是陰生，「二至還鄉」，回到本位上。「一九宮」兩個代號，出自《易經》一陽生是一，夏至一陰生是九。因爲中國把這個數理濃縮下來，天地間只有一，一裏頭有五個陽數一三五七九，都是陽數，雙數二四六八十是陰，也是五個。

給你講通了就簡單明白。所以「二至還鄉」，回到本位都是零，就是「一九宮」。他說你懂了這個原理，就懂得氣脈，什麼都懂了。老實講我們當年學軍事帶兵的這一套還用得上，有時候說這個仗打不打，什麼時間開始放第一槍，敵人才一定打敗，都要算一下。所以說爲大將者上知天文，下知地理，這都是舊的秘密。

「陰者眞藏也，見則爲敗，敗必死也。」就是說你判斷身體發病徵候，這個陰氣已經敗到什麼程度了，如果快要死了，就不能開藥方，開了藥方就怪到你醫師的頭上了。

「所謂陽者胃脘之陽也。別於陽者，知病處也。別於陰者，知死生之期。」

最重要的是中間這個胃氣。「別於陽者，知病處也」，這個時候你清楚曉得病情在哪裏。「別於陰者，知死生之期」，你認得他陰氣來了，就曉得他有多少天會死，這是醫理了。我們學醫的同學要注意，眞的如此嗎？眞的。譬如你們在西藏學密宗，用印度的那一套，什麼情形幾天會死，什麼時間死，都講得很清楚。《黃帝內經》這一本書中也都有。現在你讀了《黃帝內經》，就曉得密宗那一套，究竟是中國去的還是印度來的，也都搞不清楚了。這兩個文化在上古已經交流了。

三陽開泰

「三陽在頭，三陰在手，所謂一也。」

陽爲什麼三個呢？所以中國幾千年到現在還是喜歡過陰曆年，過年在門口貼了「三陽開泰」。你們年輕人看到過沒有？在大陸還有看到啊！那很稀奇，中國文化眞偉大。你看門上貼著「三陽開泰」，現在的人畫三隻羊，都變成兒童漫畫了。

「三陽開泰」是講天地的卦氣，剛才講到每一年，每一天，都分陰陽。一天的子時是一陽生；一年是陰曆的冬至那一天開始，冬至一定在十一月，就是子月。畫一個卦給你看，就是圖案，這個圖案做標記你看起來很容易。畫六陰的坤卦䷁，陰卦是代表下半年，到了冬至一陽生，冬至一陽開始了。什麼叫陽呢？地球下面那個熱能開始向上面放射。我們曉得太陽月球的放射功能影響地球，我們地球的放射功能也影響別的星球，一切都在放射，學物理應該懂這個。所以冬至一陽生，地球本來由冷到極點，收縮的功能開始回轉了，向上面冒出來了，還沒有冒出地面，這叫一陽初生。這個圖原來叫坤卦，因爲地球回轉來一陽初生，下面三爻變成震卦雷☳，這個電能向上走，上面三爻還是地，叫地雷復卦䷗。就是復興，重新回轉來，這是講陰陽八卦的道理。

到了十二月，這個地球的熱能向上冒，還沒有到地面，比較冒得高一點了，所以第二爻也變了，兩個陽出來了，二陽來了，陰曆的十二月地澤臨卦䷒。

到了陰曆的正月，這個地球陽氣向上走，我們說正月過年了，三陽了，三陽這個卦叫泰卦，地天泰䷊，新的一年開始了。所以我們中國人過年在門口寫上三陽開泰。現在講三陽，大家不懂陰陽就變成三隻羊了；羊代表泰卦也不錯，是這個道理。這個中國文化根本很簡單，像兒童漫畫一樣。

所以「三陽在頭」陽氣到了上面。譬如我們睡覺清醒了，眼睛睜開了，三陽開泰。「三陰在手，所謂一也」，這個法則是一個東西，生命是一個功能，上走，下走，左右擺動，怎麼樣來的呢？

知陰陽　辨生死

「別於陽者知病忌時，別於陰者知死生之期。」如果能夠分別出來陰陽，觀察診斷出來的話，你就曉得這個人爲什麼身體不好，病在哪裏，特別要注意時間了。對分別身體的陰陽，你們不是打坐修道學佛嗎？自己身體這個都搞不清楚，都白搞了。「別於陰者」，學佛有工夫的人，活了幾十歲，佛家禪宗很多有工夫的老和尚，曉得自己這個身體靠不住了，先吩咐徒弟明年你幾時來看我，他沒有講原因，到時間他宣布走了。

大家都曉得，尤其江浙一帶都曉得濟公，濟公眞有這個人，不過小說把他寫得很神，把很多人的故事都堆到濟公身上去。但是濟公眞是個得道的人，他的文學特別好，我很欣賞他幾首很特別的詩。他有個朋友賣包子的，濟公經常去吃他的包子，當然不會付錢的。可是他對濟公很好，很恭敬，從來沒有講，你吃了我那麼多的包子也沒有付過錢，他都不怪他。這個老闆有一天說：「師父！聽說你會作詩，會畫畫，你怎麼不給我畫一張畫作一首詩啊！」他聽了就說：「我應該給你寫，拿紙來。」於是就畫了一幅畫，寫了一首詩。

五月西湖涼似秋　新荷吐蕊暗香浮
明年花落人何在　把酒問花花點頭

「五月西湖涼似秋」，那一年氣候不同，五月吃粽子，但西湖天氣很涼快。「新荷吐蕊暗香浮」，荷花開了，那個荷花的香味淡淡的，所以叫暗香，自己畫荷花寫了詩。「明年花落人何在」，不曉得明年荷花開時，你啊我啊，這些人到哪裏去了。「把酒問花花點頭」，人不知道花知道。實際上濟公已經告訴他，我吃你的肉包子不久了，明年我就走了，到那個時候他眞的走了。所以中國文學有一句話，把整個人生描寫完了：「年年歲歲花依舊，歲歲年年人不同」。這是時間的變化，社會的變化，都是白話，比現在手機上的黃色笑話好得多了。

剛才講到濟公和尚生死預先知道，是修行的工夫，禪定的工夫來的。他把自己身體內部已經觀察得很清楚了，叫做「預知時至」；預先知道自己時問到了，但是他絕不會宣布。

這一篇裏的這個題目很重要，《黃帝內經》你們將來自己花一年兩年，年輕的同學們好好用功，每天花半個鐘頭，研究一段也好，看一段也好，讀會了，至少曉得題目，可以吹牛嘛！去騙人嘛！前面這篇題目叫〈陰陽離合論〉，而且陰陽離就是生死分開了，都是文學境界。道家有一個工夫，也是醫學來的，這種方法叫做修離合神功，修到生死有把握。所以這一篇當中說到生死的問題，尤其是做醫生應該要懂得。

「別於陽者知病處也，別於陰者知死生之期。三陽在頭，三陰在手，所謂一也。別於陽者知病忌時，別於陰者知死生之期」，這個別是分別清楚，辨別清楚。辯論的辯中間是言字，有邊的唸邊，沒有邊的唸中間，辦事的辦中間是力字，辨別這個辨中間是一點一撇。所以別於陽者，這個別以邏輯的分析，思想辨別的清楚，對自己也好，對別人也好，曉得病在什麼地方，在五臟六腑哪個地方，關鍵在哪裡。別於陰者就曉得死生之期了。剛才我還提到，這是眞的嗎？眞的。可是，有沒有方法把自己生死拉回來？那就是前兩天我們講的，就要修持了，就要做工夫了。上藥三品神與氣精，靠神氣把它拉回來。所以道家講可以長生不死，不是吹牛的，只是我們沒有做到而已。

「謹孰陰陽，無與眾謀。」所以你們講修養修道的，做醫生的，那是智慧之學。我們曉得醫者意也，是當年我父親教我的。醫者意也是意志思想，沒智慧思想你不要學這個醫。所以高明的醫生，有智慧的觀點，「謹熟陰陽，無與眾謀」。你自己的智慧認得，看得清楚，不要聽人家亂講，不要問人家，「眾謀」是跟人家商量，你自己都搞不清楚，問人家幹嘛！醫者意也，智慧的成就，同學道一樣。

來去　動靜　陰陽

「所謂陰陽者，去者為陰，至者為陽，靜者為陰，動者為陽，遲者為陰，數者為陽。」這個「數」，就是來得快速，因爲跳得太快，就看出來了。

「凡持真脈之藏脈者，肝至懸絕急十八日死，心至懸絕九日死，肺至懸絕十二日死，腎至懸絕七日死，脾至懸絕四日死。」他這裏頭告訴你，藏脈中間有個功能，我們普通練氣叫做元氣。脈的基本發動，眞脈、藏脈，這個也分陰陽的，動的爲陽；遲的、慢的爲陰。「凡持眞脈之藏脈者，肝至懸絕急十八日死」，在病情危急時，你把脈一碰到肝脈這一部份非常緊急跳的，配上病情，配合其它的條件，十八日就死了，這是特殊情況的判斷生死。「心至懸絕九日死」，心臟脈空了，兩頭搭不上了，雖然他還活著，你再看他的氣色，這個病人九天就有生死危險，判斷也很複雜。

「曰二陽之病發，心脾有不得隱曲，女子不月。」他說「二陽之病發，心脾有不得隱曲」，這是講一般的病情，是心脈，心臟這一部份。脾脈，我們講腸胃重要是脾，你們學中醫的有沒有學解剖學啊？解剖一下你就懂了，沒有看過死人不要學醫了。「女子不月」這個女孩子月經不來了，你摸到脈跳到這裏就是懷孕了。所以萬一女孩子碰到這個脈象，你自己摸一下，這個脈這裏有跳動，趕快想辦法，要不然爸爸媽媽知道了會罵你，好了，下課。

第二堂

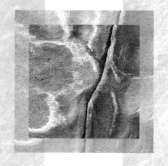

生死離合的問題

剛才吃飯以前我們講到生死離合的問題，我們活著有幾個大問題，譬如清醒與睡眠；怎麼清醒？怎麼睡眠？精神思想是怎麼來的？究竟是唯心還是唯物？是在腦子裏頭想嗎？現在科學醫學說是腦子，但是，究竟是不是腦子在思想，還是個大問題。現在腦科學研究非常發達，尤其在國外。

我們東方這一套，中國與印度這個打坐修行，在外國越來越流行了。現在腦科學在國外有很多的研究，甚至用機器可以測驗，做工夫的程度也可以測驗得出來；甚至思想會有顏色出現的機器也有了。只是我們國內還沒有。另一個是白天思想跟夜裏做夢的問題，其實《黃帝內經》裏頭都有了。

剛才講到生死這一篇裏，那些病人怎麼死？怎麼生？幾天死？幾個月死？都是可以診斷的。所以我們生命的脈象，過去只用三個指頭把脈，其實不是只靠三個指頭，是靠觀察氣色，再用三個指頭按脈象才可以診斷出來。

甚至印度的醫學變成中國密宗的方法，學密宗的人經由兩個鼻子的呼吸，可以測驗出來個人還有幾年壽命，或者活到多少歲。這些都是可以預知的，屬於生命的科學，不是迷信；因爲一般人不知道，而把它當成迷信了。《黃帝內經》裏的這一段，我們只提了一個要點，詳細的要配合去研究。

除了這些以外，快死的人是不是拉得回來？有可能，但不是靠醫藥，而是靠自己。我再三提過道家的觀念，是有藥救命的，這個藥不是礦物質也不是草藥，而是本身生命本有的，要自己把它發動，也就是精氣神三樣東西。我們吃飯以前提到這一篇，也請大家注意。

滲透進體內的風

「其傳為風消，其傳為息賁者，死不治。」風是什麼？我們醫書上講「傳」，「傳」又是什麼？譬如我們傷風，我常常說傷風跟感冒是兩個東西。我們過去都講傷風了，受涼了，那是沒有細菌的，是風邪的進入，衣服穿得不夠，或者某一部份有風進來了。風從皮膚都可以進來，重點在鼻子。感冒有細菌，傷風不一定有細菌，不過傷風停留久一些就長細菌了。

水果放在那裏沒有蟲的，水果爛時，是從裏面爛起。所以有句古文，是說作人的道理，也是政治上的大道理：「物必自腐而後蟲生，人必自侮而後人侮之」。他說如果自己裏頭開始爛了，內在的功能不行了，慢慢才腐朽，水果才會生蟲，是物理的自然反應。作人也好，國家的政治也好，如果自己內部搞不好，出了問題，別人才乘機而來。所以學醫跟政治的原理常常是連在一起的。其實整個的社會，整個的國家，還有我們的身體都是同一個道理。

所以講到這個「傳」字，傷風感冒，外面傳進來先到鼻子，鼻腔裏有細菌的話，感冒停留十天八天，沒有另外併發，腸胃沒有不好，細菌在鼻腔裏就死亡了，變鼻水出去了。如果腸胃不好或者有其它的併發症，傷風馬上變成感冒。風一部份一部份的滲透過來，這個「傳」就是滲透。所以看中國古文的醫書，就要看清楚，才知道什麼叫做「傳」。

「其傳爲風消」，譬如說傷風一進來，鼻子受涼，消就是深入嚴重了。我常常告訴年輕人，把領子拉高一點，尤其現在女孩子愛漂亮，受西方的影響，袒胸露背。我們中國人以前領子是高的，現在是越露得多越好，是時髦漂亮。我說將來下個世紀的人不要穿衣服了，最好把皮都扒掉，那就更是漂亮。現在人愛瘦，以前人愛胖，這個裏頭還有很多政治風氣的作用。這個進來的風，氣傳過來了，「其傳爲息賁者，死不治」，他說我們裏頭的氣很充足時，雖然走動傳布，並沒有關係，賁就是自己內在的生命本身的風力不夠時，氣息積結了，就死了。

內部及胃的毛病

「曰：三陽為病發寒熱，下為癰腫，及為痿厥腨痟。其傳為索澤，其傳為頹疝。」如果再嚴重時，這個裏面有發炎，發炎過份了，慢慢內部有腐蝕的作用就變成癰腫，生瘤子生東西。我常常發現很多人去檢查，發現有個東西，怕死了。其實不要怕，自己可以調整，也可以吃藥，也可以用呼吸的方法慢慢的減少，把它消了。

「曰：一陽發病，少氣，善欬，善泄。其傳為心掣，其傳為隔。」

這是講陽氣，我們講了半天是依文解字，照文字作註解；讀書不能這樣讀，要自己實證。「一陽發病」就是現在人講體能不夠了，自己的健康不好就發病了。氣少一點，咳嗽或者是拉肚子，慢慢的嚴重了，「其傳爲心掣」，這個衰弱的功能到心的部份，這個心不是理念抽象，是實際的在胸口部份。

「其傳爲隔」，人就不大想吃東西，我們曉得是隔食病，就是隔住了。有時候做醫生開藥，給你吃什麼藥呢？很高明的醫生給你吃清喉嚨的藥。喉嚨的藥跟胃上的隔食病有什麼關係呢？絕對有關係。譬如有個成藥叫「清咽利膈丸」，我們說咽喉，左邊是咽，右邊是喉；我們吃東西，嚥下去經過喉嚨到胃，當嚥下去時，氣管會收縮一下，這個很巧妙；所以左邊是咽，右邊是喉。

我常常笑有些演電影的朋友，因爲我的朋友很多，也有電視公司的老闆，也有搞電影的。我說你那些演員訓練好一點嘛！他問怎麼啦？我說有些武術都不對的，劍都亂砍。劍怎麼拿，刀怎麼拿，我看都不對。我說人拔劍自殺，看到你們殺的部位不會死的，那是喉管，斷了也可醫治。

你看唱京戲的拔劍自殺，一定是氣管，一斷就死了，我說你怎麼演的啊！他說老師你去一下現場指導。結果我去了，那些電影演員武術有人替代的，演員本人沒有本事，都是替代的演出來的。結果弄了半天，我說你這個腳步也不對嘛！這個拳也不對，搞了半個鐘頭。那些人說，老師請你回去好不好！你站在這裏我們沒有飯吃了，我們是演戲的，你教我們眞的！我說有道理，就不講了。

這一段我希望你們看一下，讀一下，我想爭取時間，趕快跳過去講別的，我這樣做對你們不是不善良，很善良，希望你們自己多用功看一看。可是對不起你們，因爲一篇都沒有講完，我只能提到一點；整個《黃帝內經》東西很多，要在幾個鐘頭裏面講完，很難。

昨天有位大醫生，我笑他是我的醫師顧問，他也在這裏聽課，他說，當年他讀醫書的時候，這些是不准看的。前幾十年，這些都是屬於唯心的，現在重新來聽感慨很多。你們年輕的一代，多讀這些書很有用處，因爲這是中國文化的寶庫。

說夢

下面我們講有關於夢這一段，我們先找到卷五〈脈要精微論篇第十七〉這一篇。我告訴大家一個習慣，千萬注意題目，這一篇的題目很重要，題目不是亂編的，這個是脈要的精微。

「是故聲合五音，色合五行，脈合陰陽。是知陰盛則夢涉大水恐懼，陽盛則夢大火燔灼，陰陽俱盛則夢相殺毀傷，上盛則夢飛，下盛則夢墮，甚飽則夢予，甚飢則夢取，肝氣盛則夢怒，肺氣盛則夢哭，短蟲多則夢聚眾，長蟲多則夢相擊毀傷，是故持脈有道，虛靜為保。」

這一段就提到了夢，只提一點。幾千年的醫經注意夢的研究，但是《黃帝內經》只提一點點；我們中國儒家的書《禮記》裏頭也講到夢。至於學佛，尤其在西藏，我就常常笑學密宗的唸咒子打坐，經常來談夢這個東西：哦！我昨天夢到菩薩告訴我什麼。我說中國人一句老話「癡人說夢」，老是來給我講夢，聽到就煩。我說那是與醫學有關的，其實夢是精神的反應。

每一個人都有夢，前天也講到，一輩子沒有做過夢的人很少，當然也有。我碰到過幾個，有男的有女的，一輩子沒有做過夢，很特別。我們普通人睡眠，拿醫學來講，腦不是全部休息，只有一部份休息。

還有，人自己可以造夢，這個不能玩。有一種方法，道家密宗都有，就是有一種做巫師的人，用這個方法修夢成就。修成功了可以前知，什麼人來看他，問他什麼事，都知道。他似睡非睡練習的，很危險，腦神經會錯亂。

我們每人每天都有夢，有思想就有夢，但是睡醒後，都覺得睡得很好沒有做夢。其實有夢，但是忘記了。眞正記憶力很強，打坐修定的，修道家佛家功力高有定力的人，他完全清楚自己的夢。我們普通人一醒來夢境就不知道了。

譬如你觀察研究一個人，學醫的眞的要看的現象很多，我們看一個人睡覺，沒有一個安詳的，保持一個姿勢不動絕對做不到。任何人躺在那裏睡著了，不是腳動一下就是手動一下，抖一下，一定動的。有些躺在那裏還在笑，還在哭，再不然像我們帶學生帶兵多了，看這個傢伙沒有睡好，他那個眼球睡著了還在轉動，他在做夢。而且還可以造夢，故意害他，在某個穴道上一點，他就做夢了。這些同醫學都有關連，就是夢的道理。

還有你們到街上去看，過去那些都是禁書，現在很流行，就是周公圓夢的書。爲什麼用周公呢？孔子也做夢啊！孔子說「久矣，吾不復夢見周公矣」，孔子自己承認常常夢見周公。《莊子》裏頭講「至人無夢」，愚人也無夢。除非得道的人，工夫到了沒有夢，白癡的人也沒有夢。眞正好好的修持，很清爽的，可以自己有意去做夢，乃至第二步工夫可以控制夢，第三步工夫可以變更夢。譬如夢到火了，我把它變成水。還有夢中夢，不曉得你們有多少經驗，像我年輕的時候有幾次，自己曉得在做夢，自己夢裏說我在做夢了，我偏要把這個夢改變，做別的夢，它馬上變另外一個夢，這叫夢中夢。現在醫學上研究精神科的問題，從西醫來講，精神科與腦科都與夢有關連的。

病和夢

《黃帝內經》告訴我們，身體陰盛就夢到水了，而且你很害怕給水淹了，這就曉得自己身體陰氣太盛。你們學中醫的知道，吃一點藥就把它改變了，不改變可以鍛鍊一下身體。

《周公圓夢》上很多的迷信，不過有時候迷信還是有關的。倒楣的時候夢見黑暗的東西比較多，運氣好的時候，亮的多，很少人做彩色的夢，多半是陰的。夢中能夠看到彩色的很少，夢中見太陽光的更少，幾乎沒有，但是也可以做到。陽多夢到火，陰多夢到水，陰陽俱盛就夢到打架，或者參與戰爭，或者夢到殺人。

「上盛則夢飛」，這個夢像我小時候經常做，很舒服，要飛就飛起來，而且看到房子，看到什麼的，很舒服。現在老了，飛不動了，沒有力氣了。當然你們年輕還可以，就是氣盛而且沉不下去，則夢飛，自己在空中飛，但是飛得不高，飛得很高那是工夫到了。

「下盛則夢墮」，有時候夢到去旅行，到高的地方跌下來了，曉得自己本身有問題。太飽了就夢到給人家東西，太餓了就夢到想吃東西。肝氣盛容易發脾氣，夢中跟人吵架，自己就曉得肝氣太盛。或者我們夢到遭遇很多事情，很難過，傷心痛苦的事多，那是你的肝有問題了。太內向，情緒不肯發出來，悶在裏頭，肝就有問題。肺氣太多就夢哭，肺部有問題，夢到悲哀的事，愛哭的。

體內的三尸蟲

「短蟲多則夢聚眾，長蟲多則夢相擊毀傷」，所謂蟲是寄生蟲。以道家來講，我們這個身體不是我們自己的，是個世界，每一個細胞是一個生命，而有很多的細菌在寄生。所以道家說我們身體裏有三尸蟲，很多很多，所以要把三尸蟲殺死。道家用的藥，過去鍊丹黃金啊！白銀啊！這些毒藥鍊成丹吃下去，把身體的三尸蟲殺死。他的意思是把腸胃變成黃金打的。這是我的想像，你想想看，五臟六腑變成黃金白銀！他的目的是殺三尸蟲。

我們身體內部的世界，照西方醫學的研究，假設吃一碗飯，自己需要所吸收的不到四分之一，其它的供給內部那些眾生的需要，尤其我們中國人喜歡吃白飯。我們抗戰的時候和日本人打仗，打得糧食都沒有，日本人如果沒被原子彈炸，最多再一年也就投降了，因爲沒有糧食。德國人研究，把中國人的大便提煉養份出來還可以打三年，這是眞的，不是笑話，所以德國人很怕。因爲我們中國人，尤其南方人喜歡吃米飯，五六碗七八碗塞下去，都沒有消化掉，提煉出來還是營養。

我們吃下去很多營養都在餵蟲，而且我們人體內部沒有那些蟲還活不了。譬如蛔蟲，現在醫學怎麼研究我沒有接觸了，過去西方的研究，人體裏頭總有一根根很小的蛔蟲，它幫助你腸子消化。因爲它在腸子裏頭，所以有時候肛門發癢；女性呢則前陰後陰偶然發癢，也是小蟲細菌。所以我們整個的身體有三尸蟲，全球現在有六十多億人口，我們身體內也有六七十億眾生，你把身體弄健康，也做了功德，因爲裏頭的生命要活著；身體生病了，你對不起這些眾生。所以這裏講「短蟲多則夢聚眾」，夢中覺得很多人，就像軍人帶兵，自己站在上面閱兵，這個境界很痛快，很威風。實際上以病態來講，是裏面某一部份的小蟲多。如果長蟲多，則夢到打架。

「是故持脈有道，虛靜爲保」，做爲一個醫生，對於病象，心理作用，都有它一定的診斷規則。所以說光看脈象，三個指頭一按，或者舌頭一看就做診斷，以《黃帝內經》來講，太草率了。要多方面研究清楚，望聞問切這些條件都要包括在內。

思鄉病

下面是講按脈的問題，它又講到原來春天的情況，所以很多篇要集中起來研究才好。你們年輕正在讀書，也可以把《黃帝內經》中間的某一段要點抽出來，跟前面要點配合起來，把它連結。譬如我們昨天講到一年四季春夏秋冬，這裏又提到這個，不過脈象內容不同，不是重複。

「春日浮，如魚之游在波。」這是講氣脈的活動，乃至脈象。所以春夏秋冬看脈，你要把時令分清楚。至於這一篇，我個人的經驗，地區不同看脈不同。譬如我是浙江海邊人，抗戰和日本人打仗的時候我在四川，那個時候四川不是現在哦，現在是買一張機票到西藏都很容易。我們那個時候是「蜀道難，難於上青天」，這是李白的詩，那是很困難的。到四川我接觸那些學醫的朋友，他們的理論不同，診斷也不同。所以看病的時候，都要了解背景。

現在年輕人移動的多，有些北方人跟著父母南方長大；西部的人，跟著父母在東邊長大。但是我的習慣，還是像當年帶兵帶部下一樣，你貴姓啊？叫什麼名字？再一個就問履歷，因爲每個地方的人，個性、生命、能力都不同。譬如你帶一個部隊，一半是漢人，一半是回教人，那你伙食要辦得不同。北方人一個禮拜不吃麵，當兵的不得了，趕快做麵吃。南方人在北方一個禮拜不吃白米飯，活不下去了。這些你們現在都不知道，將來你聽懂了，才知道學醫、作人，道理都是一樣。

譬如我有一次，抗戰在四川，我年紀還很輕，忽然難過生病了，我就找中醫看，也吃了兩三帖藥，我也自己認爲懂一點醫的。那個西醫的朋友說，唉啊！你這個有問題啊！問題在哪裏他也講不出來。有人告訴我，成都有一個老醫生，是儒醫。儒醫不是做醫生的，是在家裏讀書的，前清的舉人。他醫理很好，也不大給人家看病；不過你不同，叫某某人給你介紹就行了。這是一個老前輩，成都的五老七賢之一，都是有學問地位的人，前清的遺老，名氣很大，他一定會賣你的面子，去找他介紹就成了。

我就去找他，說某某老先生醫道很高明，聽說他門檻很高。古人大門進來有個門檻，地位高門檻就高；所以請你介紹，他說我陪你去。聽說劉遺老來，醫生出來大門迎接，遺老替我介紹，當然替我吹捧一番。

他很講禮貌，我也很禮貌，不過我穿傳統的軍服，那個老一輩的人看到這個軍服啊，兩個味道。我說對不起，我沒有別的衣服。唉啊！你們現在爲國家出來打仗，值得尊敬啊！

他看了半天說你沒有病啊！我也覺得我沒有病，只是一點精神都沒有，而且覺得很難過。他又說你是有病。他剛才說我沒有病，現在又說有病；他說對不住，你的病是「思鄉病」。聽到這一句話，我當時精神爲之一振。我小時候出來讀書，祖母包了一包故鄉的泥巴，用綢布包得好好的，壓在我那個書箱下面。她吩咐我，孩子，你到遠地去了以後，有時候難過，自己家這個泥巴抓一把，泡一點水喝了就會好。祖母講的，我當然是！是！是！覺得開玩笑，哪有這個事，不過她已經放在書箱裏，當然要帶走。

儒醫提這一句話，我就想起祖母的泥巴，可是我的書箱，打仗走那麼遠早就丟了，書也丟了。我說老前輩你說得對，現在怎麼辦？他說你是腳底人吧！四川人講外省人叫腳底人，長江下游，在他們下面。我說是浙江人。他說你去買一點浙江的鹹魚吃就好了。唉啊！越聽越高明，趕快站起來行個軍禮，出來叫部車子直奔那個市場買鹹魚。到了浙江鹹魚店門口，聞到那個鹹味，一聞就好了，又把很貴的鹹魚買回來吃了。眞是高明的醫生。講到這裏，一個鐘頭了，先休息一下。

第二堂

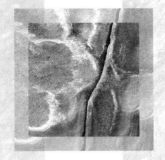

關於夢

剛才講到夢，《黃帝內經》所提到的夢只是一部份，《禮記》上也有一部份，大致相同。夢是個很深的學問，醫學同心理學，同腦的關係，以及神經科學都有關連。你們年輕人聽了不要拿到雞毛當令箭，因爲在《黃帝內經》裏，講夢就是這幾個原則，如果拿這個來概論一切的夢是不對的。

再補充一下說，夢是很奇怪的東西，佛經上有一句話「如夢如幻」，對於整個的世界看成一個夢。《莊子》第二篇〈齊物論〉，最後結論有一個蝴蝶夢。中國文化中《莊子》的蝴蝶夢，呂純陽的黃粱夢，唐人筆記裏頭的南柯之夢，都是哲學方面的東西，也是科學；講人生活在這個世界，生死存亡就是一場夢。所以你們看過《三國演義》劉備三顧茅廬那一段，提到一首很有名的詩，是諸葛亮在南陽高臥隆中，起來跟劉備見面時所作的。

大夢誰先覺　平生我自知
草堂春睡足　窗外日遲遲

人生是個大夢，這個夢眞正研究大概分五大類。《黃帝內經》《禮記》所講到的是「病夢」，是身體裏面有一種變化的現象。《黃帝內經》這一段我給大家抽出來介紹，有一種是「思夢」，與思想有關的夢，所以平常我們講「日有所思，夜有所夢」。夢很奇怪的，有時候夢到過去心理的片段，不是這一輩子，包括多生累積的事情的片段，連起來變成夢，所以夢能夠知道過去。但是也有很奇怪的夢，能知未來，不曉得你們有沒有經驗。我年輕的時候做夢，夢到從來沒有到過的地方，後來到了那個地方，覺得這個地方我來過，想不起來是什麼時候，一下想起來，是在夢中，一模一樣。甚至沒有見過的人，也會在夢中先見過。所以夢能知未來，也能知過去。

有時候自己有一個思想出來了，譬如相思病的人，夢中就會團圓，所以唐人的筆記小說《倩女離魂》，就是描述離魂症的狀況。醫學裏頭也有這個。中國的醫學離魂症，男女愛得太厲害了，結果靈魂出竅，離開身體了，還跑到對方的家裏結婚。過幾年回來把全家嚇死了，因爲她還躺在床上，等於一個植物人。然後帶她到房間一看，床上那個活起來了，靈魂跟身體又合復了，這是有名的《倩女離魂》。這個歷史上的故事，不完全是小說，這種叫離魂症。

危險的夢遊症

另外有一種叫夢遊症，夜裏夢遊，尤其是帶部隊，帶兵的時候，最怕這個事情。這個名稱過去部隊裏叫「鬧營」。所以做首長，做長官很痛苦的，要懂種種的狀況。譬如你帶一百個兵，要先觀察環境，這個裏頭牽涉到迷信了。如果住人家的廟子，住人家的祠堂或者老房子，帶兵的有地方就住，管他風水好不好！可是你要管，因爲就怕碰到一種狀況，一百個人正睡得好好的，忽然有一個兵起來拿槍，子彈上膛，衝啊！這個是鬧營，就是夢遊症。當然帶兵官碰到這樣一定倒楣受處分，因爲帶領得不好。

碰到鬧營，帶兵官自己要鎮定，如果自己昏了頭，那就很嚴重了。這個時候第一個就要喊口令，全體立正，然後卸裝，全部睡覺。第二天問他做了什麼事，統統不知道。這種病症，現在命好沒有碰到，碰到戰爭的時候，你是學中醫西醫的，請你做軍醫，這個時候軍醫的責任很重要，要懂這個夢的問題，夢的學問是很深的。講到這裏，你不要看了一點《黃帝內經》，就以爲聽懂了，夢也知道了，那我就告訴你，你還在做夢，沒有完全懂啊！

氣合成為有形

現在我們看卷三〈六節藏象論〉這一篇，我們挑重點來講。

「帝曰：善。余聞氣合而有形，因變以正名。天地之運，陰陽之化，其於萬物孰少孰多，可得聞乎？」

這是大問題，很大的科學問題、哲學問題。黃帝問道，聽說「氣合而有形」，我們人生下來，佛學講這個生命是三緣和合，除了精蟲和卵子外，必須有一個東西，佛學叫「中有」；就是我們普通講的靈魂，必須要有中有身和男人的精蟲女性的卵子配合，才能構成一個人。這是佛學來的，講生命的道理，非常科學的。

《黃帝內經》這本書，我們不管是什麼年代，至少這一本經是在佛經還沒有來中國以前就有的。它的道理和佛經說的一樣，「氣合而有形」，不是精蟲和卵子結合就變成生命的形體，中間有個東西，佛學講中有身，這裏講有個氣，跟它一結合變成了生命。「氣合而有形，因變以正名」，氣跟精蟲卵子結合攏來起變化，才變成胎兒。這個正名是說因爲三種原因變化，才有人類自己創造的這個「名」號。

「天地之運，陰陽之化，其於萬物孰少孰多」，這個東西，都是天地的功能變化出來的，而且生出來的人有聰明的，有笨的，有白的，有胖的等等不同，中間這個帳怎麼算？

「歧伯曰：悉哉問也，天至廣不可度，地至大不可量，大神靈問，請陳其方。」歧伯答覆黃帝的話，在這一篇裏頭非常奇怪的，你看這個文字「悉哉問也」，別的文章很少用這個字句；意思是說太難了，你問的是太難的問題，這個問題太大了。「天」，這個天不是物理世界天文的天，這個天是代表形而上的天，本體功能的代號。所以中國的古書碰到兩個字很討厭，一個天字，一個道字。「天至廣不可度」，這個虛空有多大，功能有多大？佛學的四個字最好，「無量無邊」，無窮的大，至廣不可度。但是地也是至大不可去量，你說地球可以量得出來嗎？也不一定講這個地球，別的地方也有東西。「大神靈問」，這裏不稱黃帝了，稱黃帝爲大神靈。你問我這個問題，「請陳其方」，黃帝的老師講話非常客氣，很謙虛的樣子。

我大概報告一下，是大概的分析。

五色　五味　五氣

「草生五色，五色之變不可勝視。草生五味，五味之美不可勝極。嗜欲不同，各有所通。」這個草代表一切的植物，大地上的植物有紅黃藍白黑五色，而五色七彩十彩的變化「不可勝視」，你看不完。過去大學裏有博物這個課，是研究植物的；現在大概分得更細了，園藝啊，植物啊，很多的分類。他說「草生五色，五色之變不可勝視」，人的知識很難統統瞭解。而且每一種草有五味，鹹甜苦辣酸。「不可勝極」。神農嘗百草，你學醫學藥，連百草味道自己沒有眞嚐過，太多太美了。我昨天碰到一個青年朋友，做醫生的，很了不起，我還叫他正式去研究草藥。你不要認爲開個單子，到藥店就買來了，那是乾的；草藥原形你看都沒看過，原味也沒有嚐過。學醫的除了要學原理，草藥植物的東西一定要懂。

「天食人以五氣，地食人以五味。五氣入鼻藏於心肺上，使五色脩明，音聲能彰。五味入口藏於腸胃，味有所藏，以養五氣，氣和而生，津液相成，神乃自生。」

「天食人以五氣」你看顏色，名畫等，有時候顏色對身體也有影響的。地上則生菜啊，米啊，給人五味來吃，都是爲了人的生命，所以天地人，人在中間。「五氣入鼻藏於心肺上」，五色五味後面的功能叫做氣，五氣入鼻，香味進入鼻子藏於心，等於心臟連帶肺都有關係。鼻子的呼吸，呼吸系統跟肺有關係，一直到腎。所以中藥有五色五味都要分別清楚。「天食人以五氣」與「以養五氣」兩句中的五氣不同，前者指外在物質的氣，後者五氣是代號，是內在氣的變化。

「五味入口藏於腸胃」就是到胃裏去。「味有所藏，以養五氣」，給了生命本身的營養。「氣和而生，津液相成，神乃自生。」吃進去的東西五色五味，到腸胃接受了，消化了，變成了液體。其實液體在胃裏頭是滋養，滋養變出各種營養，乃至變出了內分泌，變成血，變出了無數的東西。有了這些後天的營養，我們的心神才自然而生。這是講一個原則，這幾段原則裏頭，包含的內容很多了。

吸收營養的心臟

「帝曰：藏象何如？歧伯曰：心者生之本神之變也，其華在面，其充在血脈，為陽中之太陽，通於夏氣。」

黃帝問：五臟藏象怎麼樣？歧伯答說：「心者生之本神之變也」，這個心不是佛學的心了。你要注意，不要看到心，就認爲跟佛家講一切唯心那個心一樣，都是中國字，兩個意義不同。佛學講一切唯心是借用這個心字代表本體；我們本有這個心，就是這個心臟。這個心字怎麼寫？同我們心一樣，這裏一個窩，另有三點，上面這一點不落實的，在上面跳躍，思想不定。這個心是象形，非常有意思。

我們以前跟日本人打仗，有一位將領從前方回來了，他說：我氣死了，我在前方抓到了日本人，好幾個投降的，我那個兵眞兇，硬把一個日本人殺來吃了，還叫我們去吃。我是帶兵官，只好跟著吃吧！他偏把那個心臟給我吃，眞難受。他說：這個心臟炒起來會蹦的，那個鍋蓋蓋不住啊！有一個兵說：你們有沒有銅板？丟下去心臟就不動了，因爲人死了還要錢。他說我好難受啊！可是要表示英雄，只得趕快叫另外一班人把另外幾個日本兵送走，不然都被他們吃了，他們恨啊！

我剛才聲明，佛學的心是借用中國的心字講本體論。心啊！性啊！都是借用的。「心者生之本」，這是講心臟的心，心臟是最重要的，心臟停止跳動就死了。但是心臟是神之變，不是心臟變出神來，是神變出心臟來，這個道理要搞清楚。這就告訴你，讀古書要有另外一隻眼，不要被它文字句子困死，那就不會讀書了。

「其華在面」，神變的心，營養充滿就變成精神了，變出來的。營養夠不夠？在臉上氣色看得出來。其實四肢都有，手足全身體都看得出來。譬如人老了長老人斑，這也是華。「其充在血脈」，吸進營養以後就變成津液，變成血了。

「爲陽中之太陽，通於夏氣。」所以我們看病按脈是一個診斷的方法，不是全體的診斷。其實手這裏也有脈，腳背這裏也有，臀部兩邊也有，很多的地方都有脈，不過我們採用的是這個方法。所以診斷脈也是很重要、很深的一門學問。他說這個血脈陽中之太陽，很明顯的在外面。「通於夏氣」，夏天的氣候，麗日當空，文學上這四個字，形容太陽很明亮。

肺裏的氣魄

「肺者氣之本，魄之處也，其華在毛，其充在皮，為陽中之太陰，通於秋氣。」

我們中國人講，人活著時精神分兩個部份，靈魂與魄。魄是什麼？是中國提出來的，這個西醫沒有研究了。西方人講的靈魂與我們講的靈魂不同，我們的靈魂有氣魄。譬如說「這個人很有氣魄」，就是這個魄，是一種生命精神的表現，魂是精神的那個作用。

所以我們小時候讀書，沒有現在孩子那麼幸福，偶然古書上看到人畫的魂魄，在做夢的時候，頭頂上一個東西出去，這個叫靈魂出去，古人認爲做夢是靈魂出去。

肺氣的根本是魄，中國這個魄字是鬼字旁邊一個白，白色的鬼。我們的肺也同豬肺一樣，豬的肺買來，外面有一層很薄的膜，白的，很細的尼龍絲一樣。所以我們有時候有痰，肺活動不好，因爲外面這個薄膜包著洞眼，水就不通了，就有痰就氣喘了。肺是藏魄的地方，這個魄化的氣幾乎無影像；

「其華在毛」，外面看到在皮毛，是它作用的呈現。「其充在皮」，皮膚充氣了，「爲陽中之太陰，通於秋氣」，同秋天的氣候一樣，有一點肅殺之氣。所以中醫所講的人體跟天地連起來講，人身就是個小天地。

精與魂　藏腎肝

「腎者主蟄封藏之本，精之處也，其華在髮，其充在骨，為陰中之少陰，通於冬氣。」

腎臟我上次提過了，不是完全指兩個腰子哦！由腰子以下包括睪丸，上面通腦，整個都是腎氣的關係，千萬不要忘了。如果認爲兩個腎臟代表了腎，有許多醫書你就看不通了，有問題了。腎就是從下面的生殖器，上來到兩個排水的道都屬於腎。「封藏之本」，是收藏的倉庫的根本。「精之處也」，不是講男女的精哦！是全身精力所在的地方。「其華在髮」，在頭髮。所以我們看到中年人，到了五十歲男的女的都一樣，許多聰明的頭髮都掉光，至少中間露頂了。「其充在骨」，它的充實在骨髓。「爲陰中之少陰，通於冬氣」，所以春夏秋冬都有關係。我今天下午說過，四時之氣在人體上要活用的，同那個活子時的道理是一樣的。

因爲只有明天三個鐘頭了，只能大概做一個結論。「肝者罷極之本，魂之居也，其華在爪，其充在筋，以生血氣，其味酸，其色蒼，此為陽中之少陽，通於春氣。」

剛才講到肺是魄，肝就是魂。我們這個精神靈魂在這個地方。「其華在爪」指甲。所以很多看相，看病的，我還記得有看指甲的。我是鄉下出來的，我們那裏有一個老太婆，我也是她接生的，那個時候沒有婦產科，叫做接生婆，我對她都很恭敬。小孩子有病就請她來，我就跟在旁邊看，她一來就看指甲。我小時候很調皮就問她，太婆啊！你怎麼抓這裏就知道什麼病？她看這個經脈的氣色，就曉得這個孩子怎麼樣。「其充在筋」筋跟骨不同，外面的筋是血脈。「以生血氣，其味酸，其色蒼」，所以肝喜歡酸味，它的顏色是紫色，青蒼的，青顏色帶一點紅。

「脾胃、大腸、小腸、三焦、膀胱者，倉廩之本，營之居也，名曰器，能化糟粕轉味而入出者也，其華在脣四白，其充在肌，其味甘，其色黃。」

脾胃、大腸、小腸、三焦、膀胱等於一個倉庫根本，營養的營就在這裏。

下面我們把它唸完。

「此至陰之類，通於土氣。凡十一藏取決於膽也。故人迎一盛病在少陽，二盛病在太陽，三盛病在陽明，四盛已上為格陽。寸口一盛病在厥陰，二盛病在少陰，三盛病在太陰，四盛已上為關陰。人迎與寸口俱盛，四倍已上為關格，關格之脈羸，不能極於天地之精氣則死矣。」

第五講

五月六日

第一堂

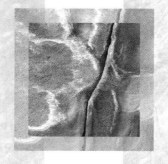

認真看待文化

今天是我們最後一次研究，我對大家感到很抱歉，這一次開這個課由《莊子》到《黃帝內經》，是幾方面的因緣。一個是綠谷集團的呂松濤這位老闆，因爲他對中國醫藥問題有很深刻的了解，所以跟他談起來啓發了這次的課。其次是科技大學的朱校長，因爲維護中國文化，更維護中醫跟西醫的溝通，知道內經裏頭有科學的大問題；所以他不怕批評，公然站出來講這個問題。

但是以我個人來講很抱歉，有一點後悔，也很慚愧，因爲《黃帝內經》裏的要點對大家沒有講清楚。我剛剛跟老同學們也談到了，所謂老同學有些都七八十歲，八九十歲都有。我過去的學生，在我四五十歲的時候，有些老同學也有八九十歲的，還有一百多歲的老學生。

我講學生並不是說我眞是他們的老師，他們尊稱叫我老師，我一概不承認的。因爲我有個原則，就是孟子的一句話，「人之患在好爲人師」，人生所犯的最大毛病，就是喜歡自稱有學問、有智慧、有道德，喜歡做老師教訓人家。幾千年前孟子就提出這一句話。所以我從年輕起下定決心不做人師，但是全部這些事情，任務都要做。如果自己認爲比別人高明，是個老師，已經沒有資格做老師了。所以你們都說看我的書，我想有些書你們沒有看，在我一本詩集裏有四首詩，說到自己恥爲人師。儒釋道乃至普通作人，我都不夠資格做人家的老師，這是我的口供，自己坦白的詩，我想你們大概沒有注意到。

今天時間很短，一直到晚上只有三個鐘頭，講不出什麼東西來。所以我自己從昨天到今天深深的反省，自己又做了一件錯事，很慚愧對不起大家。不過大家也不一定對得起我！有許多人來，的確是眞聽課的；但我講老實話，我十三歲開始就做老師，後來我一輩子沒有離開過教育。我帶過兵，文的武的學校我都教過，我是比較嚴厲的，要求非常嚴格，一個行爲，一個動作錯誤，我就看不慣。所以我們服務的這些同學說，跟著我做事很可怕，但是也有可愛的一面。由於我要求很嚴格，所以這一次這個課眞正能夠聽進去的，在我的觀察沒有多少人。可是有一點影響，有這一點影響，就對中國文化產生些希望了。

文化斷層怎麼辦

我們中國文化斷層了，這個斷層是從五四運動開始的，我的書上都有，你們說看過我的書，我的書上幾十年前已都講過。中國文化到五四運動攔腰砍了一刀，到文化大革命連根也拔了；我們幾千年的文化連根拔，是我們全體中國人對不起自己的國家民族，對不起自己的老祖宗。所以我幾十年都在爲接上文化斷層而努力。當年我從峨嵋山閉關下來的時候，也考慮自己，以後走哪一條路？怎麼辦？什麼路線才能盡我人生的責任？當時只想到鄭板橋的兩句話，只希望自己在蓬門陋巷，教幾個小小的蒙童。就是說回到鄉下，找些小學生教教書，了此一生。

但是我也經常跟同學們講，我這個人運氣不好，這八九十年一百年之間，像國家民族的運一樣「生於憂患，死於憂患」。從十幾歲起想做一個普通人，碰到時代的變化，我說自己過了六個朝代。前面經過北洋軍閥的變亂，接著是北伐的階段，天下亂了，這個歷史你們都知道。那個時候的青年都對救國家救民族非常的熱忱，大家都想出來寧願犧牲命救這個國家。這個熱忱你們不能想像，因為你們沒有經過這樣的時代，沒有這個社會環境。

所以年輕的時候學軍事，帶兵打天下，就碰到了日本人發動侵略戰爭，抗戰八年，我在大後方待了十年。剛剛天下太平，兩黨又開始變亂。孔子說：「賢者避世」，有學問有道德的人，避開這個世間社會；「其次避地」，差一點的沒有辦法就找地方躲開。但是溜到哪裏去呢？又不願意到外國去，最後考慮還是到台灣，到底還是中國，這一住就住了三十六年。兩個階段，壽命已經去了五六十年了。然後發現台灣也有變動了，又避開了。沒有地方避，所以到美國去，在國外漂泊流浪，在我感覺是流浪。可是一般認爲到外國多好！在歐美轉了一圈發現還是不行，所以避世也非常難。

而且人的因緣也很奇怪，就是辛稼軒的兩句詞，「此身忘世眞容易」，一個人丟掉了社會世界不管很容易，「欲世相忘卻大難」，要社會國家朋友們忘記了自己，反而做不到。辛稼軒是南宋有名的詞家，也是軍事家，也是學問家。

《左傳》講人生三件事「立德、立功、立言」。像這些教主孔子啊！老子啊！釋迦牟尼啊！耶穌啊！默罕默德啊！他們走立德的路，我們做不到。立功：我們對社會沒有貢獻。寫幾本書叫「立言」，我那個書不算數。你們許多因爲這些書仰慕虛名，好像對我信仰，我非常反對這個事；所以我看到人家拿書來叫我簽字，我很反感，眞的告訴你我很反感。因爲我們小的時候，社會沒有簽字這個風氣，後來因爲有了電影，大家喜歡找明星來簽字。在我們的老觀念，不管你什麼名演員什麼的，都是演戲的，唱戲的，找他簽字是好玩。現在流行在書上簽名簽字，這幾十年當中，怎麼變成這個樣子？所以我的心情今天向大家表明，懺悔一下。這一次講課也等於對不起大家，沒有講好，不過組織發動的綠谷集團，辦得也是有點混亂，這個慢慢再檢討。

世變的感歎

講到這裏忽然有點感慨，所以在文化大革命那個時期，我在台灣，別人不知道中國的變化，我都很清楚。因爲國民黨中央黨部、政治部任何的資料，及大陸出的報紙，一收到就拿到我那裏看一看。一般人如果保存共產黨的資料，是要殺頭的，我也不是官也不是民，承蒙他們看得起，所以我房間堆滿的都是大陸的資料。看到那個文化大革命眞難過，當時有一天夜裏寫了兩首詩：

其一：憂患千千結　山河寸寸心

謀身與謀國　誰識此時情

其二：憂患千千結　慈悲片片雲

空王觀自在　相對不眠人

「憂患千千結，山河寸寸心」，滿心是憂愁。「謀身與謀國」，個人怎麼辦？中國怎麼亂成這個樣子？從推翻滿清到文化大革命，我計算一下，年輕知識分子，很了不起的人才，死的不曉得幾千萬，都是爲了國家民族。現在想到自己身在台灣，「謀身與謀國，誰識此時情」，那個情緒的變化眞的無法言表。

不過我寫這個詩的時候，在自己私人的佛堂，上面供了觀音菩薩，一邊看著觀音菩薩，我一邊自己在感想。所以第二首「空王觀自在」，空王就是佛，面對空王，「相對不眠人」，菩薩永遠眼睛睜著，我也耽心大陸國家民族怎麼辦，眼睛也瞪在那裏，所以是「相對不眠人」。我現在雖然報告過去的心情，但是現在的心情也是一樣。

改革開放以後到今天，我已經回到大陸來了，回來以後我首先為浙江修一條鐵路。接著我做的就是兒童讀經，恢復中國文化，怎麼能把斷層接起來。第一個原則，向落後地區貧苦讀不起書的人推廣，現在十幾年來影響很大。跟我做的沒有幾個人，譬如李素美、郭姮妟。她叫沙彌，從十二三歲跟我到美國，一路跟回來做了這個工作，編成了兒童讀經的中英文課本。這個工作沒有組織，也沒有提倡，只是慢慢影響，現在很普遍了。

昇平之後呢

可是我告訴大家這二十多年來，在中國歷史上，從來沒有比這個更昇平的時期。但不能說二十年來是太平哦！只是由亂世改變到達不亂，變成昇平社會而已。如果認為現在太平了，在中國文化的架構上說，還是差一大截的。你們年輕同學們不知道，這樣二十多年的昇平，在中國歷史上是少有的。你們太幸運了，教育也普及了，都讀到大專以上，可是你說我高興嗎？我的心情還是這兩首詩上所表達的，「憂患千千結，山河寸寸心」。

開放以後你看到了平安，但更危險，因爲國家的教育方向、宗旨、目標同個人教育方案都沒有。你們只曉得開放發展，拚命搞建築發財，每人都活得很高興。但是要注意孟子的兩句話「生於憂患，死於安樂」，這就是中國文化。孟子說：國家個人社會能夠克服種種困難，才能使國家民族興盛健康起來；如果大家放鬆了，只向錢看，光搞享受，結果就很可怕。孟子所以被稱爲聖人，就是看這兩句話。

我在美國時批評他們，我說你們快要完了，不到五十年你們就結束了。我這個預言在台灣講過，現在看來我也替美國悲哀，他們也很可憐，他們西方的文化向科學科技方面發展，科技也是一種文化，但是精神文明的境界沒有。所以今天這個課程快要完了，向諸位提出來這個感想，一方面向各位抱歉，因爲這次的課沒有講好。

剛剛上課前，有個老朋友跟我談笑話，我自己也笑了。有人曾送我一首詩，說我是個老頑童，今天看來我眞是個老頑童。因爲《黃帝內經》這個課，一百多年來好像沒有人推廣，現在我這個老頑童來推廣了。

內經的特點

其實《黃帝內經》與道家的黃老之學，及《易經》、陰陽五行，都與中國文化的精華密切相關。尤其聽說醫學院不研究這個，感覺實在太可惜了。《黃帝內經》是上古到現在很大的科學，因爲這本書不是僅限於醫學醫病而已。六十歲以下的人，不管是大醫生，大教授，對不起啊！很抱歉，我想大概都沒有好好把這一本書讀完。如果能夠下決心把《黃帝內經》好好讀一讀，不但對醫學、醫藥有幫助，甚至對生理科學，物理科學，都會有新的發現。

所以我們現在講《黃帝內經》，並不偏向於醫藥方面，而是偏重於人的生命，養生方面。西方文化講衛生，我已經講過那是消極的。我們中國講養生是積極的，自己保養自己變成健康，活著的時候永遠是快樂的。衛生是出了問題時去防止的，養生不是防止，在《黃帝內經》裏頭，很多有關養生的問題，都是講心物一元的的道理。

《黃帝內經》分兩部份，〈素問〉與〈靈樞〉，這個大家都知道。我假使要出考試題，就請問什麼叫〈素問〉？什麼叫〈靈樞〉？這個答案很難。簡單告訴大家，〈素問〉是黃帝請問他的老師，生命與天地之間的道理。這些問答的記載，當然不是像現在寫的論文一樣，所以這個書的一點一滴，都要自己去挖掘其中的寶藏。

〈靈樞〉也是黃帝與醫藥專家的問答記錄，不過問的是歧伯同其他的專家，比較偏重醫病方面。兩部分的內容綜合起來通稱《黃帝內經》。那麼有沒有黃帝外經呢？有的，那就是治國、兵法等。有的並不叫做外經，是散開的典籍，很多很多，都是中國文化的精華。所謂「內」是對內部，對身體生命個人來講的，也有編整的醫學，定名黃帝外經的。

神是什麼

現在抽出要點來講，譬如講到神跟心的關係，養生最好保持生命的健康等。在卷八的〈八正神明論〉中，就講到神，這個神字，不是宗教所謂的神，而是生命的科學。

「帝曰：何謂神？」神是個什麼東西？拿現在的話，什麼叫做神啊？所以精神不是神，那是什麼東西呢？

「歧伯曰：請言神。神乎神，耳不聞，目明心開而志先，慧然獨悟，口弗能言，俱視獨見適若昏，昭然獨明若風吹雲，故曰神。」

岐伯很客氣的說：我向你報告這個神，「神乎神」；古書很好玩，什麼是神？他說神就是神嘛！這個等於就是禪宗的答話，問了等於沒有答。神就是神，拿白話來講，這一句話不成話。可是你注意，學過邏輯就知道他的答法很正確，神就是神，前提先搞清楚。下面是邏輯的引伸出來；「耳不聞」，他開始答覆什麼叫神，所以你們學醫，前輩叫你們不要讀內經也是情有可原，因爲等於沒有答覆你，現在講好像毫不科學。

他說所謂神就是耳朵聽不見；這是一個問題了，我們耳朵聽到聲音，爲什麼說聽不見？這裏頭有科學的道理分類，聽是聽的功能，是他的作用，最後那個能聽的不是耳朵，也不是聽覺神經，所以叫「耳不聞」。聽見是現象，能聽那個功能不屬於生理，也不屬於物理。等於我常說，現在科學講光的速度很快，我說你們等吧！有一天會發現聲音的速度跟光速一樣快，現在科學只講光速快，聲音比較慢，遲鈍的。科學還沒有定論哦！所以剛才解釋什麼是神，就是耳朵聽不見。

眼耳神

「目明心開而志先」，眼睛能夠看東西，心裏看到東西很高興。他還是沒有說出來，其實眼睛能夠看東西，看到的是現象，是作用，視覺神經後面使你能看東西的那個，是什麼東西呢？譬如我們的眼睛看東西，如果拿儀器來測驗，每人看法都不一樣，光色形象都不一樣。都看到是方的，你的方跟我的方有差別，這是科學了。所以眼睛看東西是後面的功能，不是視覺神經。是腦或是別的什麼？這是我加上去的。「目明心開而志先」，眼睛能夠看東西，心裏打開了。哦！我看到這個是花，這是一個人，「志先」，馬上產生一個影子，這個佛學叫做分別心。我曉得這是一朵花，這是一隻狗，這個分別是自己的意識起來的。由耳朵聽不見，眼睛看得見，而「心開」。

這裏補充一句，學醫的更要注意，耳朵聽不到，眼睛看得見「心開而志先」，引發了思想的分別意識，這是神的作用。所以我們眼睛跟神有關連，這個人精神不好眼睛就睜不開了。耳朵呢？不通神而通氣。「耳通氣海」，所以年老了，或者年輕耳朵受了傷，通不到氣的部份就聽不見了，同腎臟也有關連。

四個字結論「慧然獨悟」，因爲現在眼睛看著書，你耳朵聽我亂七八糟亂講，聽了以後你自己的智慧產生了，領悟了其中的意思，這屬於神的作用，也就是「慧然獨悟」。你自己悟到了，領會了。所以你們學佛拚命去找開悟，怎麼去開悟啊？要你自己去打開智慧。學佛千萬不要迷信，一切唯心，你智慧開發了，那個叫「般若」，才能開悟。而糊里糊塗迷信放光啊！有神通啊！講這個我就煩了；我說你是神通二號，二號就是精神有毛病。什麼有神通？都是鬼話，都是腦神經的作用。智慧第一，大智慧是大神通。所以佛經有一部書叫做《大智度論》，成佛是靠智慧，也就是《黃帝內經》這四個字「慧然獨悟」。智慧開發了，悟到了，就是神的作用。

智慧與神

那麼這個東西無形無相，「口弗能言，俱視獨見適若昏」，他說嘴巴講不出來。所以我們學佛，學禪宗說你開悟了，人家說怎麼開悟了？他答覆你是「言語道斷」，沒有辦法講。「心行處滅」，沒有雜亂的思想，那個智慧完全明了，什麼都明白，這叫開悟。就是無法講，可是領悟了。所以神這個東西怎麼看見呢？「獨見」。

佛經上提到一個問題，佛問阿難，你眼睛看見什麼？他說我眼睛看到前面。佛又問：閉著眼睛你看見嗎？阿難回答看不見。佛說你錯了，閉著眼睛也看見。所以佛法是很科學的，眼睛張開是看見現象，閉著是看到前面黑洞洞的。除非你睡著了，眼睛也就不看了。所以神的道理是「獨見」。自己看見東西，光明來知道光明，黑暗來看到的是黑暗，不是神沒有作用。「適若昏」，所以你們大家學佛打坐，眼睛閉著在那裏裝模作樣，昏昏然，暗暗的，像睡覺以前那個樣子。

「昭然獨明」，可是你心裏明白。他說神的作用「若風吹雲」，那個神一來，你一切都明白了，像風吹開天上的雲，看到了青天。「故曰神」，這叫做神。這是他答覆黃帝的問話，非常明白。

所以學醫也好，學哲學也好，對《黃帝內經》這幾句話都要弄明白。譬如你信基督教的，因爲跟我學的人有和尚，有尼姑，有神父，有修女，也有牧師，我就笑他們講錯了《聖經》。我說你們基督教《聖經》明明講「神即是光，光即是神」，怎麼被你們亂講一通呢？你說不拜偶像，還對那個神明拚命去禮拜，那也不是眞的神。剛才《黃帝內經》講，看不見的這個叫神，所以神的作用那麼重要。

關於這個神的作用，有些資料，你們下課的時候去抄，抄回去要研究，我只是抽些要點給大家去討論。

說辟穀

現在跟你們提重要的問題，很多學佛修道的人喜歡去搞什麼辟穀，普通道家所說的辟穀，等於避開五穀不吃飯。現在印度瑜珈很重視這個，他們做工夫，每週有一天不吃飯。回教在齋月的時候白天不吃飯，夜裏才吃，這都是辟穀的道理。清理腸胃爲了健康，腸胃不清不行。所以這裏就講到辟穀的問題，從〈靈樞卷六〉〈腸胃三十一〉這裏開始，注意哦！腸胃是消化食物的，人的生命就靠飲食維持。

辟穀的經驗我也可以坦然告訴你們，那會餓死人的。我自己也測驗過，曾經有二十七天不吃飯，我照樣抽煙，照樣喝茶，因爲水份很重要。但是你要曉得，胃裏頭的氣更重要；我的經驗，如果胃裏氣不夠，那會出問題的，因爲這個胃是那麼大，消化是在互相摩擦的。有兩個人，一個學道家一個學佛，看到我二十幾天不吃飯，他們都嚇住了。看到我時都退了一步；他說你的眼睛像電燈一樣放出光芒。我說唉啊！我沒有吃飯，餓出來的，夜裏還要做很多事。

他們二人也要學辟穀，我說你們千萬不要亂搞，會死人的。他們不聽話，一個老居士，一個修道家練氣功的，搞不了幾天，一個送醫院，胃開刀了，一個腿殘廢。所以你們不要隨便學，清理腸胃應該的，餓壞了會餓死人。但是腸胃不清理也不行，我們許多的病是吃出來的，尤其現代人，這個二十年吃得太好了，病很多，都是吃出來的。所以學醫要懂得腸胃。這一篇黃帝問辟穀的問題，全篇很長耶！拿科學來講要配合西醫的研究。

〈靈樞〉卷六〈腸胃三十一〉：

「黃帝問于伯高曰：余願聞六府傳穀者，腸胃之大小長短，受穀之多少奈何？」

這是〈靈樞〉這一部份的文章，不屬於〈素問〉，所以不是歧伯的答覆。什麼伯高啊！少俞啊！還有黃帝有個女老師素女，這一部份不跟你們講，那是關於性的問題，如果讀了那本書，男女亂搞都不合規矩。這一套流傳到日本，有一部書《心醫》中文的古本，我有一天在街上看到，擺在書堆裏頭。我問多少錢？他說美金一千，身上錢不夠就沒有買。我曉得這一套流傳在日本，男女性生活都在內。其實中國也有，只是內經裏沒有。爲什麼我提起這個？因爲講性的問題是黃帝的女老師素女，她是道家的一個神仙，等於密宗講的佛母，空行母。這一段是黃帝問伯高腸胃的大小長短，容納米飯有多少量。

「伯高曰：請盡言之，穀所從出入淺深遠近長短之度。脣至齒長九分，口廣二寸半……」

他說盡量告訴你，就把內部的身體做了解剖。這個尺碼度數雖然同現在不同，但是你不要認爲不對啊！因爲這是五千年前的東西！起碼四千年，還是科學的。這一篇都是告訴你腸胃的長短大小，容納多少水，容納多少東西，全篇都是。下面看〈平人絕穀第三十二〉最後一行。

「故平人不食飲七日而死者，水穀精氣津液皆盡故也。」

平人就是普通的人，是不做工夫不修道的人。平人不吃不喝，七天一定餓死了；「水穀精氣津液皆盡故」，水也乾了。尤其我們每天飲食，飯固然重要，吸收的水份比吃飯還重要。你們年輕人有時候覺得一天不喝水不要緊，其實很要緊。皮膚一切也在吸收空氣裏頭的水份，所以水比飲食還重要。現在我們講了以後，大家記下來，花一點時間，哪一頁重要你們自己找。因爲到晚上只有一個多鐘頭了，我抽出來的東西很多，也是科學的，現在吃飯時間到了，我們沒有教辟穀，大家吃飯去吧。

第二堂

我們研究《黃帝內經》，現在是最後一堂課，由《莊子》外篇到《黃帝內經》是一個系統的，但我都只提到一點點；主要的目的是希望提起大家注意。因為我們自己的文化在斷層，在衰落，要自己想辦法恢復，這是年輕同學們的責任。我們的文化內容很多，我再三強調是古文，古文兩個字不要怕，仍是中國字，中國字也是白話，因為現在人看不懂，認為古文很可怕。其實花一點點時間就深入進去了，這是第一點。

第二點，像《黃帝內經》這些書，我曉得很多人，包括我們自己一班同學，或者中年的人也是一樣，怕碰，不敢碰，下意識抗拒，不曉得這些古文講些什麼。其實它講的完全是身心性命之道。如果把世界上一切的學問歸納起來，不論宗教也好，哲學也好，科學也好，都是研究身心性命的問題，是探究生命的本來。其實不論東方文化西方文化，都是這個原則。任何一種學問離開了身心性命之道，都是不能存在的；包括現在人們動輒講迷信的東西，卜卦啦！算命啦！都包括在內。

卜卦算命看風水，有些眞有一點亂七八糟了，但那是中國古代最高的科學原理。由於在漢朝以後魏晉之間，政治科學的發展是根據道家的思想，儘量不發展科學，認爲科學是「奇伎淫巧」，所以太巧妙的東西不要。另外也有個理由，認爲物質文明越發展，人的煩惱越多，慾望越大；慾望越大，痛苦越多。

聖人的藥方

所以以黃老之道來治國，社會安定太平，生活過得很平淡，就是這個原則。一個國家民族的文化，不管任何政治思想，在政策上都是開一個藥方。這個要注意，譬如我常講的，儒家開的藥方是仁義，人要有愛人的心。儒家爲什麼會提倡這個？因爲我們的民族個性不仁不義，不忠不孝，仁義禮智信都非常缺乏，所以儒家的大醫師孔子、孟子，開的藥方就是仁義。可是我們的社會不仁不義，不忠不孝照樣的存在；所以說藥方有，也吃了，可是病沒有治好。

西方人是自由主義，個人主義等等，所以耶穌在西方，基督教開的藥方是博愛。並不是西方有博愛，我們沒有博愛，因爲西方個人自由主義思想發達，不免就自私了，所以他開的藥方是博愛。宗教家就是醫生。

至於印度這個民族，到現在還是不平等，四種階級非常分明。譬如我們大家這樣坐在一起，在印度的話，種性不同，階級不同，絕不可能坐在一起。甚至你坐過的位置，他都不願意坐，很嚴重。所以釋迦牟尼佛開的藥方是平等，種性平等。

我們了解一切的聖人都是醫生，他所提倡的，所開的藥方是爲了治病。我們現在來講文明的話，過一百年也許這些名辭都少了，人類整個的文化，中西文明一概結合了，科學的文明也結合了。我們現在覺得沒有結合很痛苦，到那個時候，後面的人也許會笑我們。所以拿遠大的眼光來看，自然會結合。

可是我們今天的社會、文化、民族實在需要整理，每個人只有自己反省，自己整理，這是非常困難的。所以有一度我回到國內的時候，有一些朋友是黨國政要，我們大家也談到國民道德如何恢復。我說你們講道德恢復不行的，外國沒有啊！我說道德兩個字恢復不了的，你必須換個辭說：「社會主義的新秩序」就對了。他們說：太好了。其實舊瓶裝了新酒，換湯不換藥。可是現在人的道德行爲實在有問題，這個事跟《黃帝內經》有什麼關係啊？當然有關係！因爲內經講的是養生、衛生，生命的科學，這些都與品性道德有關。

醫藥與迷信

剛才下課的時候，我希望大家把標出來的重點抄一抄，你們都抄了，不要只管抄，回去要研究，這是一個大科學，生命的科學。希望你們年輕人每天少玩一點，抽一兩個鐘頭看一看，這個裏頭的科學很多。我抽出來這些是準備這一次跟大家討論的，看到那麼多我都傻了，重點都報告不完，所以我很抱歉，對不起大家。

現在離開這個書本，我把大要告訴你們：《黃帝內經》講生命科學，這是道家很接近唯物的哲學，從唯物思想來的，但是它包括了形而上心物一元的東西。中國人唯心跟唯物沒有分的，把心物分開等於說把文學跟哲學分開了。這個話我重覆講過，中國文化學哲學的人必須懂文學，必須懂歷史，因爲這一切與政治都分不開的。

現在提起研究《黃帝內經》的幾個重點，尤其注重治病的方法。可是《黃帝內經》沒有藥方哦！醫跟藥是兩個路線，但又是一件事。「藥」是專門研究藥物，仍是黃帝這個系統，像《神農本草》啊！乃至最平凡的，你們大家讀醫很看不起的一本書《雷公炮製藥性賦》，這些都要背一背。譬如我們小的時候背的「菊花能明目而清頭風」，都由文學背來；什麼寒性的藥，熱性的藥，溫性的藥，一篇一篇非常有韻味。

再說我們陰陽八卦的書，都是大科學，但也文學化了。譬如說我們冬至以後什麼一九啊！二九啊！什麼河邊看楊柳啊！它把氣象學編成九九歌來唸。

一九二九不出手　三九四九冰上走
五九和六九　河邊看楊柳
七九河凍開　八九燕子來
九九加一九　耕牛遍地走

這些你不要看到是低俗的，是老百性的迷信，那你完全錯了。迷信也有很多是科學的，因爲我們古人把科學最高的文化，用起來像迷信一樣，那是不錯的，眞的是這樣。因爲古代教育不普及，所以《易經》裏講一句話：「聖人以神道設教」。上古的聖人爲了普及國民的文化教育思想，利用了宗教。譬如我們講炮竹，鞭炮發明得最早。上古的時候碰到國家大事，個人大事，就要放鞭炮；農業社會炮竹是拿乾的竹子霹靂啪啦，發出聲音。後來慢慢就有火藥的發明。現在大家利用我們的炮竹上了天了，到太空，就是這樣來的。

放鞭炮

中國人講，家裏有病人的，或者有什麼問題就要放鞭炮。譬如我們抗戰的時候，走到大後方落後地區，那個時候大家已經在破除迷信，可是到廟裡，我照樣不管它是鬼廟、神廟，帶著部隊到了那個地方，我就先行拜一拜。「聖人以神道設教」，下面的兵好帶，他們都怕這個東西啊！

其實，放個鞭炮吧！拜個菩薩吧！我們那裏鄉下人講「燒香不敲磬，菩薩不相信，燒香不放炮，菩薩不知道」。這是「聖人以神道設教」的原因，若說沒有道理，簡直太迷信了，我是寧可信他的。可是我有一個觀念，譬如說拿破崙什麼都不信，可是當他打下羅馬的時候，他還是進教堂去行禮。教皇把皇冠聖袍給他戴上，他一腳就把皇冠踢掉，看不上。可是他爲了意大利、羅馬的民族信這個教，他也進教堂，這就是「聖人以神道設教」的道理。

放鞭炮是幹什麼？殺菌。所以家裏有事放鞭炮，到處放，燒燒火，殺了細菌。他不告訴你殺菌，就放鞭炮。端午節到了，每一家門口插了菖蒲，避邪的，也可以殺菌。端午節吃粽子喝雄黃酒，雄黃酒是澈底的殺菌。他把這些科學的衛生、養生都放在裏面，一般人搞不清楚的，我們現在都懂了，這個道理就是這樣。

讀書難

所以研究這個《黃帝內經》，我們也是不要當古書看，聖人給我們看的是生命科學，很寶貴的。希望大家配合現代科學來研究，你們每一位一定要發明，一定要好好的貢獻，這是眞心話。不要說古文看不懂就拒絕，這就不是研究學問了。我的個性，過去年輕的時候，哪個地方看不懂，我非看懂不可。笑話！還有我看不懂的！我就是那麼傲慢，而且還有一個更傲慢，非唐宋以上之書不讀。就是說，唐宋以下的那些書，我還用得著學嗎？

我還問過我的老師，前清最後一榜的探花（頭名狀元，二名榜眼，三名探花）商衍鎏先生，先生啊！我們以前不叫老師，叫先生。我這個文章還可以吧！嗯！很不錯。我下面就很傲慢了，先生啊！如果我生在你們那個年代，也跟你們一樣去考個進士，我的文章行嗎？他愣住了說：還可以，還可以。我就想說原來如此啊！你們這些進士就是我這個程度啊！所以學問之道，我講給你們聽，希望你們也傲慢一點。這個《黃帝內經》看不懂，就不敢看，沒有氣派！天下的事哪有不懂的地方！古人也是人，我也是人，他還寫出書來，我卻說看不懂，那還算是人嗎！所以要以這個氣派去做學問。這是以我個人的經驗鼓勵你們。

我年輕的時候，你看我也不是學科學的，不過那個時候，抗戰之前商務印書館做了好大一樁好事，他把大學叢書都編輯了。大學叢書什麼都有，經濟學的，政治學的，譬如我在抗戰的時候連航空學我都專門買來看；雖然我不會駕飛機，我就曉得怎麼配合氣候。航海學也買來看，就靠這一部大學叢書充實自己。現在反而沒有了，眞可惜。他把所有大學的，西方的各種科學都編進來。學問之道是要你去努力追求的，我剛才說了，所有的聖人提倡的，都是開藥方，你要以這個精神去研究。

針灸　點穴

《黃帝內經》是最基本的醫理，藥不在這裏面研究。可是它裏頭重要的是什麼？中國的醫書歸納起來就是「一砭」，你看《黃帝內經》就看出來了，病侵進來，現在我們刮痧，拔火罐這些技術都叫砭。《黃帝內經》告訴你，有些外感一進來，用砭就把病去掉了。「二針」，病深入到皮膚以內快到肌肉，就用針了；《黃帝內經》關於針灸的道理很多。「三灸」，病再深入就用艾草，用火來透進去。「四湯藥」，病情已經到內部五臟六腑，才需要吃藥。

所以有些人治病，就在外面動手，乃至用指頭就可以了。學《黃帝內經》後續的發展，針灸變成了點穴，用一個指頭就可以使你身體的活動停止，不過現在已沒有傳承了。點穴也可以研究，我們不是用來害人，是拿一個指頭就可以治病了。假使一砭、二針、三灸，每個人都會，就可以把自己家裏的人治好，能把人治好又何必到醫院呢？尤其現在到醫院不得了，這個沒有辦法講，太恐怖了。最近據我所曉得，共產黨統一了中國之後，有一件事情做到了，就是把中西醫結合，所以到處有醫院。

開始沒有好醫生，賣膏藥的，打拳的，只要懂一點，都找出來做赤腳大夫。大家看病二毛錢掛號，任何藥不會超過十幾塊錢的。這種事全世界做不到，我們中國做到了。開放以後不得了，現在看病跟美國一樣的討厭，沒有錢就沒有命，變成這個樣子了。像我們小的時候，藥店過年過節沒有放假的，照樣開門。如果在正月初一買藥買不到，老百姓會打你的藥店。現在不得了啊，星期六星期日放假，病人週末生病就麻煩了。風氣變了，醫德沒有了，舊文化都沒有了。

各位同學如果學醫的，做個好事吧！發揮中國文化的醫德。不過現在也很難，有時候幫助人做好事，他反過來告你，這就是人生。我怎麼亂七八糟講到這裏來了？因爲講醫藥的道德，講到了自己心中的感想。

自利利他的內經

所以研究《黃帝內經》，你自己看熟了，最少自己可以保持健康，也保持家人的健康。我們回過來看，這個裏頭說得滿多的，歸納起來仍是道家的觀念，生命的保養有三種藥，「上藥三品神與氣精」。

本來我們這裏講課是講《莊子》和《黃帝內經》，不料來了很多學佛、學道的人，根本不是學醫的。他們到這裏來聽課是聽著好玩的，這也是很有趣的變相。中國道家講的精、氣、神，等於佛家所講的心、意、識。神就是心，氣就是意，精就是識，只是心意識名稱不同。佛學從印度過來，到了禪宗就叫「明心見性」；明心見性要靠守神煉氣，修精來的，戒律是守這個精。所以中國文化的三家合起來是一個，佛家叫做「明心見性」成佛；道家叫做「修心煉性」；儒家叫做「存心養性」。所有文化都是對生命的探討，只是研究方向不同，表達方式不同而已。

講到這裏有個比方，我講話沒有次序亂來，不過也是有次序的。剛才講到，醫學制度的發展到今天的醫院，我說醫院啊，學校啊！分科太細，出了毛病，這個我講了幾十年。有個人講笑話說：吃飯時假牙掉了，趕快到醫院掛號，牙齒滑進喉嚨不是牙科了，到喉科去。喉科一檢查，到胃了，要去看腸胃科；胃科一檢查，已經到腸子了要去看腸科；腸科一看不得了，已經到直腸肛門口了，那就要到肛門科看了；肛門科一看，你肛門有個牙齒，還是到牙科去吧！這就說明現在科學的分類，越分得細，越變成這樣。

所以這次難得因緣來講這本書，也許這樣可以讓大家回轉過來看這本書，裏頭的寶貝太多了，要仔細的讀才好。我告訴你們讀書的方法，這一篇讀不懂，很煩，你就翻過去讀下一篇，下一篇又不懂，再看下面；忽然後面懂了，再回來看前面都懂了，我的讀書方法就是這樣。

讀書有方法

還有我的讀書方法，佛經跟那個黃的擺在一起，然後政治學跟武俠小說擺在一起，所以我看書是亂七八糟的。看對了連續不斷的下去，久看又怕腦筋壞了，改看小說看電視。好的電影我現在不敢看，因爲看起來就不睡覺，一路把它看完。看書也是這樣，不喜歡中斷，因此就要換腦筋回過來再看佛經，那個思想就進去了。這就叫「道通天地有形外，思入風雲變化中」，這是宋儒的句子，趕快拿起小說來看，這個腦筋就換過來休息了。

你研究科學時，腦神經太深入了，就拿個輕鬆的東西看一看，哈哈一笑，腦筋休息了，換過來了，這是我讀書的方法。都是密宗哦！我把秘訣傳給你們了。我的意思是要你們研究學問不要怕困難，所以思想不要專門在一個地方，就照我的辦法，桌子上擺亂七八糟的，什麼都有，都看。

有一句話記住，宋太宗趙匡義這位皇帝，他的好壞我們不批評，歷史上記載有一點我很佩服。他在軍旅打仗二十年，後面二十匹馬帶著的都是書，一邊騎馬，一邊手裏沒有離開過書本；所以歷史上對文人最尊重的一代是宋朝。宋太宗兵間馬上二十年，手不釋卷，就是形容他的。所以他講了一句名言四個字，「開卷有益」。任何一本書，不要說正式的讀，翻一翻都有利益，叫開卷有益。人到卡拉OK，一定會扭一下，唱一下。打開書本就會看一下，冒充也在讀書了，開卷有益，也有好處。這是我今天所要對你們講的。

滿園靈草仙家藥

其次《黃帝內經》這本書裡，藥物是藥物的研究，處方是處方的研究。

譬如說我對歷史的研究也許多一點，從《傷寒論》等等的發展，然後到唐朝孫思邈以後金元四大家的東西，我大部份翻過。金元四大家的醫學各自不同，然後下來明清之間，南方的醫學發展，譬如江蘇一帶的名醫，都是這裏的人，就是吳江這個地方。所以我主張多看徐靈胎的書，葉天士第二位。那麼現在廣東一帶像福建的醫學就走陳修園的路線。所以你們學醫的有一本《醫學三字經》，大家都知道那是陳修園的著作，他是福建人。那本《醫學三字經》一看，就把醫學史的發展搞清楚了。但是還不完全，嶺南一帶，廣東一帶的醫學又形成另一個專長，等於牙齒掉到胃，掉到別的路線。

到了雲南四川這一帶，你就要另外研究，中國西邊醫學的學派同草藥又不同。所以人家問我，老師啊！你們太湖大學堂裏有什麼？我說「滿園靈草仙家藥」。這個就是套用徐靈胎的句子來的。就是滿園這些草都是仙人的藥哦！看你怎麼去用。「繞湖迴廊處士居」，四面都是迴廊包圍，這個是處士的家。我這個道理報告完了，今天會早一點下課，很多人都要打道回衙，做官的開道要回衙門去了。

萬病之首的風

剛才講《黃帝內經》，歸結起來「上藥三品神與氣精」，同佛家以及道家的修持都是一個路線，但有所不同。在生命的科學裏，這是兩個東西：一個是思想，是知覺；一個是五臟六腑到整個的身體，是感覺。就是那麼簡單。《黃帝內經》講了半天這個病那個病，都是感覺方面。這同佛家講四大地水火風一樣，其中風最重要。《黃帝內經》講風、氣爲萬病之首，很重要，前面都有啊！你就找風那一段去研究。風不是空氣的風，也不是東南西北風，是這個氣，空氣的變化影響。《黃帝內經》的原文關於風，講「風善行而數變」，很難把握得住。所以學佛的有修氣修脈，修密宗啊！天台宗啊！都搞這一套。

說到感覺與知覺，《黃帝內經》的醫理歸納起來，都是屬於感覺；然後把感覺分類講了那麼多。這一部書分成兩部份，〈素問〉是基本的原則，醫理學也就叫做病理學。〈靈樞〉是醫理變成方法論，尤其變成砭、針、灸；湯藥是另外一部份了。我們最初的一部湯藥是張仲景的《傷寒論》，用幾味藥治好病叫「經方」，但是也有人反對。可是後來的藥方《湯頭歌訣》，《溫病條辨》等等，並沒有跳出他的範圍。張仲景在湖南是做官耶！做太守。在湖南湖北潮濕的地方，他看了老百姓的病很難過，就在那裏做官又做醫生，專門給老百姓看病，把經驗寫成了《傷寒論》。《傷寒論》的重點是風對人的影響。

所以「風爲百病之長」，不是我講的哦！是《黃帝內經》的原文。所以萬病之首是氣，就是生命之氣。「風善行」你沒有把握能控制得住它，「而數變」，這帖藥剛剛下去祛風，它又變到別的地方去了。所以醫者意也，要知道變易的道理，靠智慧的運用。這個也包括了學佛修道做工夫的，沒有智慧，都是在迷信，信這個佛啊！那個道啊！非常多。而且也對我非常迷信，好像我得了什麼道，人家問我你得道沒有？我得道啊！上有食道，下有尿道，都有道。爲什麼我這麼講呢？希望大家不要迷信。所以學佛求道還不如去學醫，能利己又可以利人，也可以做點好事。

重視內經

下課就只有十五分鐘了，我想把這個意思講完就結束了，你們可以早一點打道回衙，因爲實在講不完，我也對諸位很抱歉。有人問我，爲什麼不開放給大家提問題？那不得了，我這個人講話又囉唆，有時候你提問題，我講長篇大論，這樣自己都討厭自己了。所以就是老子一句話「多言數窮，不如守中」，而且言多必失嘛！譬如說上有食道，下有尿道，你們一傳出去，這個南老師下流得很，亂講話。所以我也不叫你們諸位提什麼問題，大家也可以早一點休息。因爲我平常的雜務非常多，今天晚上因爲有別的事情，所以又把這個課程濃縮了五十分鐘。不過，你不要認爲我講的是笑話，其實都是要點，看你怎麼去了解。

總而言之，《黃帝內經》這一次我們偶然開始了，大家就該提倡，該研究，其中有很多的科學內容，不止是學醫的科學。至於有一篇本來要提一下的，看病中間提到陰陽五行，太細了，所以沒有講。《黃帝內經》固然要讀，《難經》學醫的也要研究，不過我不參與，那是要學費的。學陰陽五行也要學《易經》了。陰陽五行屬於諸子百家裏頭陰陽家的學問，同天文有關，可惜陰陽家後來變成算命看風水的了。

陰陽五行天干地支是講什麼？現在吹牛的說法，那是太空的學問，是整個太空同我們生命地球的關聯；那個科技是科學原理發展到最高處了。因爲科學的發明，開始是很粗的，到了最精細的時候，最高的科技就是最簡單的了。把簡單歸納攏來變成陰陽五行，所以有天干地支。

五行干支與診病

《黃帝內經》裏頭提到與天干地支的關係，這個人什麼時間得病，他屬於哪一種形體。譬如這個中藥的老闆呂松濤先生，他是個水形人，水土形。像我這個樣子是木形人，當然我是一個小木頭不夠高大。看病人先看他的形態，然後問他幾歲了。現在人有一個習慣，說是一九多少年生的，我說我不懂數學，你告訴我幾歲就好了。一九多少年生我很不習慣，我只曉得推翻滿清到現在九十六年，你跟我講幾歲我就有數了，是天干地支有數了。再問是幾時得病，再把脈，也就知道是什麼病了，判斷很準確。這個與干支有關係，《黃帝內經》裏頭專有這些，我還沒有講到。

你們大概連十個天干，十二個地支都沒有弄熟，更不懂得六十花甲。我們中國算歷史，一國的歷史有它自己國家的精神的，順便給你講一下。中國寫歷史，你們現在講的一九多少年，那是耶穌的年號，跟我們沒有關係，我們是黃帝子孫，我們已經四千七百多年了。就算從推翻專制政治體系，革命成功到現在九十六年。這個年號同歷史文化有關係沒有？有關係，推測得出來。

所以我們寫歷史，你們沒有讀過舊史，舊史上都是以黃帝爲主體耶！以六十年爲主體甲子、乙丑、丙寅、丁卯……天干地支六十年，這叫六十花甲，一個單元。假使這六十年叫上元甲子，然後甲乙丙丁轉一圈，中元甲子，下元甲子，三個六十年爲一百八十年，甚至說一千八百年。所以我們歷史上先用甲子紀年，然後某個皇帝，什麼人做皇帝，叫做什麼。譬如清朝之前，崇禎皇帝在煤山吊死的那年叫「丁未之變」，就用干支做代號。再譬如推翻滿清的「辛亥革命」，辛亥兩個字就是六十花甲的紀年，六十花甲這樣轉過來，這個歷史的演變記載一點都不會錯。

而且懂了這個，就可以來判斷未來的發展，譬如現在我們國家民族的命運正走到下元甲子的一半。所以在我的一本書上，當年在台灣講的，大陸還在批孔的時候，我曾講過，到一九八四年開始，中華民族倒楣的運完了，開始走大運，起碼走兩百年的好運，所以你們不要怕。你看這二三十年的發展，很多老同學都說：老師你說對了。我的說法怎麼會不對呢？上有食道，下有尿道，怎麼會不對？這是說笑話，實際上這是個計算，科學統計來的。

所以得病的日子？什麼原因？什麼病？一看就知道了，你變神醫了。然後再給病人開藥，說六天以後才會好。因爲你已經算好了，他身上的氣，風在裏頭善行而多變，一定到這一天，碰到外邊環境的影響，內外的關係病才會好。這個是迷信嗎？不是，是科學，可惜大家不研究。我希望這一次講完以後，大家也要注意一下。

所以我把這一本《常用藥品手册》拿來，這是每年關於西藥的資料；西方的所有西藥到中國來，各種各樣都有，在台灣也同外國一樣一年一本。因爲有些藥已經過時了，沒有用了，可是我要留下來，如果研究西藥的發展史，我這個資料就很重要了。譬如現在很多的西藥，我們過去用得很靈，現在少有了，一個打擺子的藥叫「金雞納霜」，現在少見了，我還叫人到德國原來那個藥廠找，藥廠也只剩下兩瓶，我那個朋友幫我弄一瓶回來。像許多的藥都在變，這個資料放在這裏，要你們注意現在醫藥科技的發展。所以也不要太偏袒自己中醫，黃帝是了不起，但是已經起不了啦！所以我們要自己想辦法站起來。

附錄

組織「黃帝內經」及「莊子外篇」聽課工作彙報

南老師：

首先向您轉達眾多學員對您及大學堂所有工作人員最眞摯的敬意與謝意！

五月六日晚結束後，在回上海的路上我接到十幾個電話，這些學員作爲更多人的代表，讓我向您及大學堂所有工作人員轉達敬意與謝意，祝您一切吉祥如意，祈請您多注意休息，不要太勞累。

這次課程，《黃帝內經》參加人數近一百二十人，《莊子》近一百人。聽課單位有上海中醫藥大學、中國科學院上海生命科學院、上海藥物所、上海岳陽醫院、上海龍華醫院、上海曙光醫院、上海中醫院、上海東方醫院、上海圖書館、上海針灸經絡研究所、上海中醫藥學會、新民晚報、上海人民廣播電臺、新華社、科技部中醫藥戰略課題研究組、北京中醫藥大學、綠谷、華源生物、交通銀行、華爲、IBM公司等單位的教授、專家、主任醫師、博士生、研究生、企業高管；學員來自上海、北京、山東、四川、雲南、江蘇、河南、浙江、福建、廣東等地區。其中科技部中醫藥戰略課題研究組及中醫哲學學會、中國中醫藥研究會及北京中醫藥大學圖書館等，都有學者，每週六上午飛至上海聽課。

在組織過程中，我有機會與很多學員討論、交流，現將我一個月來對於大家這次學習心得的見聞提煉整理，特向您彙報。

一、正本清源，信心之因

以天地人智慧爲核心的中華文明，也不能倖免陰陽盈虧之變化。近二百年來，面對西方現代科學及工業力量的崛起，中國人對於自己民族文化的信心逐步喪失。一九四九年之後的五十餘年，中國歷盡艱辛而重新走上強盛之路。雖然在經濟上「中國人站起來了」，但在精神上依然是貧瘠而羸弱，對於祖宗的偉大智慧充滿謬見和無知，不肯回歸自己的文明長河。

中華文明參天地、育人心的本地風光被謬知謬見蒙蔽後，一群又一群自以爲走在前面的盲眼人以盲引盲，執拗的將一個民族引向了危險的文化歧途。

這次我們組織來聽課的學員，最大的收穫都說聽完老師的課後，才知道我們中華民族的文化是另一種高度發展的科學體系，而不是什麼經驗哲學、唯心主義、樸素的唯物論，而是如此智慧，如此偉大，如此博大精深。

《老子》《莊子》是講形而上天道的智慧，讓生命回歸「道」；孔子、孟子講的是人之安身立命，即修身、齊家、治國的智慧；佛家講的是生命解脫，在更開闊的視野、更廣大的時空討論生命本身的形而下與形而上的問題；《黃帝內經》不僅僅是中醫看病之寶典，更是一部探討天地人化育的生命科學巨著；《易經》不是預測之書，而是一部綜羅天地人萬象的宇宙科學巨著……這是聽完老師課後大家的眞實收穫，才發現：「呀，我們老祖宗的文化原來是這樣的」，扔掉原來的「有色眼鏡」，改而用自己的眼睛去看、去思考。

老師的課，是摘眼鏡的課，是換腦課，讓大家找回自己的眼睛、頭腦，從而重新認識學習中華文化經典。

概括言之，老師的課如獅子吼，給中華文化正本清源，恢復諸子百家的本來面目，是大家重新認識學習中華傳統文化的「信心之因」，讓每個學員在心田上都孕育了對傳統文化的「正信之根」。

二、啟蒙智慧，播散慧種

老師講課，旁徵博引、慧光四射，這是大家的共同體會。同一堂課，每個人聽了都有絕然不同的體會，有人聽懂了這句而打開此一扇智慧之門，有人聽懂了那一句而打開了彼一扇智慧之門。如一顆純淨無色寶珠，依個人心量而現種種顏色。聽完大家的體會，我開玩笑說老師是管「南天門」和「南天牆」的，老師手裡有無量智慧之門的「密匙」，只要你虛心叩問求教，就能突破心量界限越「南牆」而進「天門」，進入本心自在之逍遙。

老師的課，是智慧的播種機，如東方晨曦之光破除長夜之暗，破除人心的無知與謬見，引發人對於智慧之學的熱愛。

三、學無止境，學而不厭

我們開玩笑說，老師的課講完，上海書店中國文化的書籍會多賣出很多，尤其是康熙字典。因爲老師的慧光，打開了學員對於中國文化經典求知探索的心門，眞可謂「龍行一步，百草沾恩」。

課下，幾乎每一個學員都談到：「回去後要多看書」，「什麼書都要看」，「回去要買本《康熙字典》」，「知道讀古書的入門方法了」，「不那麼害怕繁體字了」，「要學習老師看書的方法」，「突然覺得對古書有興趣了」，「回去要背《黃帝內經》」。還有人向我打聽地址，要去給孩子買拼音版的中國文化經典叢書；甚至一個西醫生讓我幫她打聽一下，如何報考上海中醫藥大學的在職研究生……

聽完老師的課，眞是覺得每一個人都變得想學習、愛學習了，不再停滯於以前的所知、所見。

四、生命寶藏，實證得之

老師的課，讓大家重新回歸中國文化的智慧實證之路，而不再徒言空理，轉而從方法論走向眞實方法的求證，從前人的理論走向自己的實踐與求證。老師講的生命變遷背後隱藏的生命科學道理，養神養氣養精的方法，「善觀氣色」等故事，中醫的腎臟是什麼，脈診之理……引起了大家的討論與思考，很多人表示回去要重讀《內經》、《難經》等經典，重新學習醫理、研究望聞問切四診……

老師在講課中所體現出來的對於生命科學的實證精神，引發了學佛、學道、學中醫的不同學員對自我學習、求證實踐之路的反省，而不再數他人珍寶，轉而在自己的身心上、在診療實踐中一一求證、探索。

五、德育善根，化垢顯善

老師的精神影響著大學堂的每一個工作人員，「認眞，謙和，禮讓，負責，合作，紀律，事事必落實、必回饋」，是大家所感受到的大學堂工作人員共同的工作風格，而大學堂工作人員的風格也潛移默化的影響著學員團體。有人開玩笑說，大學堂的管理水準超過世界上所有公司。

課程之中，我聽到了很多自省之語，看到了很多自省過後的行為。從很多學員行為舉止的變化中，我體會到，內心道德修養所散發出的純善之力，是引發他人善根的絕妙方法，這是一種「隨風潛入夜，潤物細無聲」的方式，雖無形，但力量卻極強大。

到了五月四日，我發現了很多有趣的變化。高聲說話的人少了，走路相遇謙讓的人多了，沒聽課證還趾高氣揚亂闖的人沒有了，說謝謝的人多了，面帶微笑的友善面孔也多了……一股純善之氣，在外來的學員之心中漸漸流淌開來。

我和大學堂的工作人員打交道最多，他們的辛苦我最知道，但每一個人從始至終都是和善、認眞、一絲不苟的，眞是讓人感受到有一種一以貫之的力量在起作用。

我有三個體會，一是越對他人友善，你自己內心就會越開闊、越喜悅；二是世界上有一件事，你做的越多反而越有精神——那是來自內心的微笑；三是認眞不是一種態度，而是內心的不斷自省、對於事情的清澈認識與無限探索中所散發出的一種力量，眞謙虛了，就認眞了。

六、中國傳統文化復興的歷史轉捩點

《莊子》是中國道家文化、禪宗文化、文學、藝術等諸多領域的重要思想源頭之一，《黃帝內經》是中醫學的核心經典。雖只一個月，但老師通過對這兩本書畫龍點睛式的講解，實際上已將中國文化的精髓一一點出，有心人自會透過老師的慧光而走上中國文化學習的智慧大道。

近六十年來，這是國內第一次眞正的原汁原味的開放式的中國文化學習盛會！時間雖短，且並未廣爲宣傳，只是一個論壇帖子，就已傳至半個中國，很多人千里迢迢來大學堂叩問求教，從中可以感受到中國文化的大乘氣象又再次顯現。

可以不誇張地說，幾十年來，每天都有人在講中華文化，但都是變味的被扭曲的中華文化。老師是中國文化在劫難中走至懸崖邊上而出現的「無盡燈」，眞是一燈可燃百千萬燈，一光而破百年千萬黑暗！這次老師的課，可以說是中華文化在本質上將眞正復興的宣言，告知世界，中華文化的智慧傳承仍在，且將繼續明燈恆存，慧光永照。

這堂課，是五四以來中華文化斷層的復興轉捩點，源頭活水已滾滾而來，必將引動中華文化學習的新熱潮，從而成爲中華文化復興發展的歷史里程碑！

李春清　二〇〇七年五月七日

國家圖書館出版品預行編目資料

小言黃帝內經與生命科學 / 南懷瑾講述. -- 臺灣初版. --臺北市 : 老古, 2008.01
面 ; 公分

ISBN 978-957-2070-81-9(平裝)

1. 內經 2. 中醫典籍 3. 中醫治療學 4. 生命科學

413.11 96022195